白き狩人

白色猎人

渡边淳一 著

马洪月 译

青岛出版社
QINGDAO PUBLISHING HOUSE

目录

序章 / 001

第一章　截肢 / 050

第二章　诱惑 / 077

第三章　错综 / 104

第四章　复仇 / 131

第五章　疑惑 / 159

第六章　生死 / 172

终章 / 193

序章

一

村形万里子的日记　　四月五日（星期三）　　阴

今天排出了新的值班表。

我负责的是 B 班第二小组，即南栋的三〇一和三〇三两个病房。三〇一是女子双人病房，三〇三则是男子六人间的大房间。

主治医师是二番町眉子大夫，她是外科中唯一的女医生。因为和千叶大夫是同年入院工作的，所以应该是大学毕业后参加了国家考试，算起来今年是当医生的第四个年头了。

听说和我搭档的是二番町大夫，我一时之间又高兴又有点不知所措，心情变得复杂起来。

二番町大夫实在是太美了。身高一米六左右，虽然算不上多么高，但那纤细的骨感身段使身材比例显得格外匀称。

通常我们只能看到二番町大夫身着一袭白衣的样子，但偶尔也会在上下班路上见到她不着白衣的样子。她那时穿的衣服很是显眼。虽然穿着与医生的职业相符,不那么花哨华丽,却在素净的色调中显出了高格调。

我虽然没去过巴黎,但我想有品味的巴黎姑娘,大概就像二番町大夫那样穿着得体吧。

连身为女性的我看来都是这样,男士们看得目瞪口呆也就理所当然了。因为我住在医院附近的护士宿舍里,所以基本上看不到大夫上下班时的样子。可是据二番町大夫的一位朋友说(该朋友每天从大夫居住的荻洼坐地铁上下班),别说地铁里了,从下车到医院,凡是和大夫擦肩而过的男性都会把视线停留在她身上,有人甚至还会停住脚步目送她离去,直至她的身影消失不见。

不知大夫是对这种事没有注意到呢,还是即使注意到了也视而不见,好像基本上是目不斜视,直直向前走去。虽说不必只因被男人回头看几眼就非得马上有所表示,但在我看来,总觉得这样也未免太不近人情了。

因为是四年前毕业的,今年大夫也该有二十八岁了吧。我想如果拥有像大夫那样的美貌与教养,是会有数不清的男人贴上来献殷勤的。

同科室的副主任医师井川大夫呀,同一届的千叶大夫呀,听说到现在都还爱着二番町大夫,还有传言说内科的副教授饭村大夫自从二番町大夫去做了实习生以来就迷恋上了她。

先不提已经娶妻的饭村大夫,像千叶大夫那样的,在我们看来已经属于完美的结婚对象了,可不知二番町大夫是因为不喜欢他,还是因为本身就没有结婚的打算,总之对他的追求一点回应都没有。

除去像这样多少和大夫有些绯闻的人之外，喜欢她的男士也数之不尽吧。可是，其中却没有真正公然报上姓名，不顾一切向她求婚的人，大多数男士好像都只是在心底默默地爱恋着她。

　　正因为如此，总之去看看那四五个医生围着二番町大夫说话时的样子就会发现，平日里装腔作势不可一世的医生们互相提防着，生怕有人会出风头来博取二番町大夫的好感，可实际上却又想着自己如何见缝插针，好来个鹤立鸡群。周遭就弥漫着这样一种特殊的紧张空气。

　　也许大夫早就对那些男人的心思了然于心，抑或是这就是她的聪明之处，总之她对谁也不会表现出特别的兴趣，一视同仁地和大家说话，专注地倾听并附和他们。

　　从这个层面上来说，大夫可真是个让人摸不透的人。与其说她难以捉摸，倒不如说她没有瑕疵吧。真是个不可思议的人。

　　但是话说回来，大夫还真是个美人。这不能单单说成是天生美丽或造化之妙，而是经过岁月的打磨之后所形成的一种由内而外散发出的美。

　　只是脸蛋好看的人，那可多了。比方说杂志的插图人物呀，电视上的女演员呀，她们的脸都挺漂亮的。

　　如果只从脸部构造来看的话，大夫的脸和演员们的没有太大区别。虽说和演员一样原本就已经是了不得的评价了。

　　大夫的脸窄窄的，脸色与其说白，倒不如说是苍白。眼睛大大的，鼻梁又细又挺，形状很美的唇在笑起来的时候稍微有些变形。大夫的脸上要说有什么不协调的地方，也就是那微微有点外翻的丰厚下唇了，可那好像反而更能抓住男人的心。

　　实际上就连身为女性的我，见到那样的唇都不由自主地被吸引,所以男人们会被吸引也是理所当然的。

可是大夫的美并不局限于脸、身材之类的外表之美。当然,她的外表是美丽的,可是除此之外还有别的什么东西。

今天,我和大夫巡视病房时,入神地看着她的脸,感到有种什么东西朦朦胧胧地传了过来。

那是……我表达不上来,放肆点说的话,可能是一种叫"ennui"的东西。

"ennui"是法语,用日语来解释的话,大概就是"倦怠"的意思吧。可是"倦怠"这个词,不知是由于字面的原因,还是读音的关系,从它"疲乏懈怠"的确切含意容易使人联想到怠慢、懒惰这层意思。

可是大夫的表情却不会给人以怠慢、懒惰的感觉。

如果硬要用日语表达的话,大概只能说是"慵懒"吧,可是单这一个词不能让人立刻领会精神。真希望能想出一个比"慵懒"高级点的词。

结果胡思乱想一通,得出的还是"倦怠"这个词。确实,我想除此之外没有合适的词语了。

大夫的"倦怠"中潜藏着一种由理智散发出的"空虚"。

不同于娼妓那样只单单是美女变得自甘堕落、变得"倦怠"的情形,这是一种具有理性层面的"倦怠"。

身为医生,那些也算得上有点教养的男士们之所以会用着迷似的爱慕的眼神盯着大夫看,不只是由于她五官漂亮,更多的是因她周身散发出的那种空虚的气质而爱慕她吧。

可是我却总感觉到大夫的美中隐藏着一种深不可测的可怕的东西。被美色吸引想一探究竟,就感到像被推入不知何时才能回头的深洞中,恐怖万分。大夫微微一笑后收回视线的那一刹那,眼神中所散发出来的锐气有一种就像被人用剃刀抵着后背般冰冷的感觉。

男人们到底有没有注意到她的美中所隐藏的可怕呢？还是毫不知情，只是沉醉于她的美中一味想要接近她呢？

不，或许这些想法都只是我自己庸人自扰罢了。

没准儿男人们都知道这回事。当然，因人而异，也许有意识到的，也有没意识到的，可他们之所以会被二番町大夫吸引，不正是因为她美色深处所散发着的那种可怕吗？

哎呀，我考虑的事还真是无聊透顶。围着大夫的那群男人想什么都和我没关系。明明是这样，我却还左思右想那些男人的事，我可真是个死心眼儿的大闲人呀！再也不想这些事了！

话说回来，大夫为什么要专攻外科呢？

虽说选择医生这一职业也有点不可思议吧，可明明有内科、儿科、眼科之类适合女性的科室，是什么癖好让她来到无趣的外科呢？

拥有胜似男子的体格也就算了，可事实上，那么柔弱的大夫在医院外面向初次见面的人递出名片时，大多数人都会反问道："您是外科的吗？"大夫曾笑着这样说过。

就算是我，如果不在同一家医院工作，即使见到大夫一袭白衣的样子，也不会认为她在外科工作。

最多也就误以为她是聪明伶俐的教授秘书或是检查技师。

听说以前和大夫搭档的麻子曾问过："您为什么会成为外科医生呢？"大夫只是笑着回答说："不知道呢。"

今天巡查完病房，和大夫在走廊上并排走着，我问了同样的问题。因为距麻子问她这个问题，已相隔将近一年，我满心期待地想着大夫大概会作出不同的回答吧。

可答案却是相同的。

"不知道呢。"大夫就像回答别人的事情一样，边走边答道。

听到这个答案，我倒是轻易就接受了。因为这个理由挺不错的，又像是个老实的回答。

可是想想还是觉得这个答案可疑。

通过国家考试成为独当一面的医生，选择自己所从事科室的理由仅用"不知道呢"一言带过合适吗？

我想大多数的大夫选择外科或是因为喜欢那个科室，或是被外科的主任教授的人品所吸引，或是有熟悉的师兄师姐在外科，或是因为欣赏外科是个有男子汉气概的地方，诸如此类或是积极或是消极的理由吧，反正总该有些理由。

可是大夫却简简单单地回答"不知道"！

说这话是不是把我当作傻瓜，是不是把我和麻子都看成小护士随便说说的呀？

可是大夫不会看轻护士的，她是稍稍考虑了一下后直截了当地作出回答的。不管给出的答案是什么，那一瞬间她一定是思考过的。

或许大夫选择外科的理由真的是"不知道"吧。如果有人这样直率地反问我们自己的话，答案大概都会是那样的。

这样一想，大夫有时还真让人看不透：那么漂亮却根本不想结婚，别管多优秀的男士想接近她，她几乎都不予理会，并且有时会用令人吃惊的严厉眼神盯着我们看……还真是数之不尽。

可是能和大夫负责同一病房，我很高兴。虽说因为和大夫在同一科室偶尔也会说说话，可也仅限于当班的时候和传达值班护士请求的时候，从没有两人单独说过话。

以后就能自由地和大夫说话了。实际上,负责同一病房的医生和护士必须要密切联系,这是理所应当的。

除工作之外,在其他方面也能和大夫亲近起来,这让我很高兴。我想和大夫谈谈天,请她教我许多东西,像恋爱、结婚,还想知道大夫对这些事情的想法。

至今只能远远注视的人,来到了我的身边。

我可以和有点喜欢摆臭架子的井川大夫、诙谐风趣的千叶大夫所爱慕的二番町大夫自由自在地说话了。除了工作上的事,就连其他琐碎小事情也能随便聊了!

男大夫们看到我那个样子,一定羡慕死了。

对,我要独占大夫!

并且在男士们热切的眼神中守护她!

我要做到没有我的许可,谁也不能和大夫说话。这样一来,不论是耍威风的医生还是出色的医生,都要拜倒在我的面前。

等等,我在考虑些多么愚蠢的事情呀!一开始空想,思维就无休无止地扩展开来,跳跃到不受控制的地方去,真是不应该!

无论怎样,大夫是大夫,我是我。就算保护她,我也得不到什么好处。

既然如此,知道自己负责二番町大夫的病房时,最初感到的不知所措是怎么回事呢?

知道这个消息的时候,我是真的很高兴。这高兴不是假的。可是下一秒,我又感到了困惑,心情变得沉重起来。

我一直想在大夫手下工作一次,没想到愿望竟然实现了。因为只是在心里偷偷想想,没有拜托过护士长,所以只是护士长碰巧那么排的班罢了。

既然是这样,我为什么会感到不知所措呢?

难道是因为大夫太漂亮?可是我从一开始不就知道吗?

难道是因为男士们都关注着大夫?可这事我也不是现在才知道的呀。

难道是因为大夫是女人?这也早就知道呀。结果是——"不知道"。

这和大夫不知道为什么选择外科的理由是一样的。还真有那么奇怪的一致呢!

总之,我一方面感到高兴,另一方面,能够接近大夫,使我隐隐感到了瞬间的恐惧和不愉快。我不能明确说出那是种什么感觉,以及产生这种感觉的原因,可的的确确有一刹那,一股消极的情绪传遍了全身。

不过就这样吧,"不知道"的事情,怎么考虑也还是不明白。我想更了解大夫,现在这是我唯一的期待。

二

二番町眉子的日记　　四月五日(星期三)　　阴

早晨八点,医疗部按惯例召开了病例研讨会。

提交的病例是三〇二室的病人西村杏子。

门诊诊断为右乳腺纤维瘤。

讨论结果以及按惯例进行的右乳的穿刺测试、组织片镜检结果和门诊诊断一致,如果是纤维肿瘤的话,只需把肿瘤切除;如果怀疑是恶性肿瘤的话,就摘除整个右乳。

我个人看来,癌症的可能性很大。

又是一个人，一个乳房……

病例研讨会结束后，我把这个消息告诉了患者本人，她漂亮的脸都哭得变形了。

我让她事先通知她丈夫一声。留下这句话后，就走出了病房。

下午，由于昨晚因肾脏破裂被送来的急诊患者病情恶化，井川大夫执刀再次进行了腹部切开手术，可患者还是于下午四点死在了手术台上。

在手术期间，患者出现大出血，连我的贴身衣物都被血染红了。

手术结束后，我在手术室的女子浴室里冲了个澡。

多亏在更衣室里有一件可以替换的长衬裙，因为没有内衣，所以不得不把血迹擦擦，暂时穿着原来那件。

话说回来，我还真没想到连内衣都会被血染红。

晚上，井川大夫要请我吃饭，我以太累为理由拒绝了。

回家后立刻钻进了浴室。沾上血渍的内衣就那么扔掉了。

从今天起，护士的岗位有了调动，变成了村形万里子、森美代、寺田照子三位护士负责。

村形万里子二十三岁，去年刚从大学附属的高级看护培训班毕业，还很年轻。

一起巡视病房的时候，村形万里子不停地问我："您为什么会做大夫呀？""为什么会学外科呀？"

我回答说："不知道。"

难道对我有兴趣？

小小的个子圆圆的脸，眼珠转个不停。好像还没和男人交往过。

当然,同性恋也……

找个机会试着把她约到我房间里来。

深夜,边听巴赫(托卡塔和赋格曲),边读"乳房摘除"的手术书。

巴洛克音乐既囊括了富有紧张感的快板乐曲,又包含着舒缓的慢板部分,二者相互对照着彼此接近。这种音乐适合我的生理。

三

村形万里子的日记　　四月七日(星期五)　　晴

今天,一个名叫深町丽子的病人住进了一天就要一万块的特等病房。

我初次见到这个名字的时候,觉得好像在哪里听说过。于是查看了一下从门诊交到住院部办公室的病历卡。这一看,我吃了一惊。

职业一栏中写着"舞蹈家",年龄为二十六岁。

深町丽子可是T芭蕾的第一人。

我曾看过一次这人的演出。

大概是两年前吧,在东京文化会馆的大厅里,演出的节目是《天鹅湖》。理所当然的,深町小姐饰演的角色是天鹅公主奥杰塔。

虽然当时我的座位在二楼的后排,可我还记得在位子上屏住呼吸目不转睛欣赏美丽的奥杰塔的情形。

现在那人出现在了我的面前,并且向我低下头说"拜托了"。

护士这个职业和其他工作相比,得不到什么好处又不引人注意,可是却能够接近名人,这大概也算得上是一个优点吧。

深町的病历卡上附着知名画家"堂本笃"的名片,当中还夹着直接交给主任医师的委托信。

深町小姐大概和画家堂本认识,并且是由他介绍给主任医师的吧。由于主任不能直接负责病患,所以就交由二番町大夫负责了。

大概是由于从远处遥望她舞台上身姿的缘故吧,我一直以为深町小姐的身材娇小玲珑。可是一见到本人,我很惊讶地发现她竟有着出人意料的高挑身材。我身高一米五五,而她比我要高得多,所以至少也要有一米六。

在练习芭蕾的过程中锻炼出来的匀称体形配上藏青色的外衫以及与之相同质地的喇叭裤,腰间垂下白色的腰带,理所当然地,当她在走廊中漫步而行时,擦肩而过的人都会回头望她。

深町小姐有张瓜子脸,眼睛凹陷,鼻子尖挺,薄嘴唇,是那种一眼看去会误以为是外国人的具有立体感的脸庞。我想希腊女神大概就是这样的吧,虽然我没亲眼见过。除此之外,她还有着漂亮的身姿。

身为女人的我看着她都会觉得心神荡漾。

只是走路时有些拖着右脚,就像往外侧稍稍画着圆弧一样。

走进病房,换上工作服,看着二番町大夫检查病情,我首次发现深町小姐的右膝盖上方肿了起来,整个儿有些泛红。

我翻了翻病历看看是什么病,只能看懂在诊断结果处写着的首字母为"G",剩下的都是连笔的西洋文字,看不懂是什么意思。

二番町大夫边看门诊病历,边确认了病史,之后进行了对初次住院病人所采取的惯例式检查。

先是观望脸色,然后是把脉、检查咽喉,接着让她解开胸前的衣服,进行了叩诊和听诊。

深町小姐从红色条纹长裙中露出的皮肤白得通透，内衣中显现的乳房虽然小，却很紧致。

不知深町小姐是不是在害羞，涂着绿色眼影的眼睛紧闭着。而二番町大夫像平时一样，用她那漂亮的手夹着听诊器，从乳房周围移到胸口中央然后再至腋下进行听诊。

因为正在进行检查，所以她们两人谁都没有开口。

不知是不是连深町小姐的舞蹈迷们也即刻知道了这个消息，在低沉地回荡着排风扇声响的病房中，装饰着一大束蔷薇花。

我开始时认为房间里那沁人心脾的馨香来源于这蔷薇花，后来才明白，那香味是源自深町小姐擦的香水。

看着病房里面对面的两个女人，我突然感受到了一种难以名状的暧昧气氛。

虽然我到现在也想不出来那到底是什么，但两人的所作所为与其说是在诊断，倒不如说像在花园中调情般，让人感到既甜蜜又有些淫荡。

深町小姐突然叫了声"痛"，紧皱起眉毛，打破了我如同梦一样似的心境。我慌忙瞪大眼睛，而那时二番町大夫已经结束了胸部的检查，食指正放在深町小姐微微泛红的肿起的膝盖上。

既然身为护士，我也必须紧张起来了。大夫已经结束了胸部的检查，正在检查腿部，而我却拿着病历呆呆地看着窗边的蔷薇花，也没有想去安抚深町小姐，真是反常。

这种情况如果是井川大夫的话，便会骂道"发什么呆呢"，如果是千叶大夫的话，就会挖苦一句"昨晚上有什么好事吧"。

可是二番町大夫很温柔，所以不会说那样的话。

从叫痛的几个地方拿开手指，大夫问道："从什么时候开始感到疼痛的呢？"

"约莫三个月前，从欧洲回来后开始的吧。"

二番町大夫静静地点了点头，将指尖慢慢地由深町小姐的小腿移到了大腿。

这次因为我知道大夫是要检查大腿的淋巴结，所以事先把深町小姐的长裙前摆掀了起来。

这样一来，不知深町小姐是不是害羞了，"啊"地叫了一声。于是我向她解释说："是要检查大腿的淋巴结。"

这么一说，她好像接受了，可是随着二番町大夫的手指逐渐上移，还是将上半身稍稍向上躲闪了些。

大概这时候还是应该事先向她讲明下一步要做些什么吧。

二番町大夫的指尖在大腿根部抚摸似的反复按压了几次之后，摸了摸大腿左侧，而后又触向右侧。

将双腿稍稍分开的深町小姐每次被碰触时，都会轻轻吐气，紧闭双目。可不知大夫是不是连她痛楚的表情都不愿错过，一边用手抚弄着，一边将视线紧锁在她的脸上。

我看到大夫漂亮的手在深町小姐那缀着白色花边的花衬裤裤脚边游走，又出现了刚才那宛如游戏于花园之类的奇特想法，但我不停地提醒自己：现在有重要的检查要做！

多亏这样的提醒，我终于得以在大夫拿开手后，立刻将深町小姐的裙子前摆拉下来。

检查结束了。二番町大夫说：

"今天就先做这些。您可能还没有习惯医院吧，不过很快就会镇定下来的。今天好好休息一下。"

"我的病怎么样啊？"深町小姐问道。

大夫回答道："好像与肌肉无关,是骨头肿了。但这病究竟是什么性质,不做进一步检查的话还不清楚。"

深町小姐锲而不舍地追问道："能治好吗?"

二番町大夫却微微一笑,说道："治病的事交给大夫就好了,自己不要闷闷不乐地老想着它。"

住院检查结束后,我在走廊上问大夫："那位病人得的是什么病呀?"大夫只是将两手揣在白衣的口袋里,轻轻地歪了歪头。

大夫是自己也不知道,还是不想回答呢?即使如此,回答一声"不知道"也好。可二番町大夫有时会突然逃回自己的世界中,表现出一副拒人于千里之外的样子。今天做检查的时候我也是这么想的,那时大夫到底在思考些什么呢?

难道大夫认为即使和护士说了也没什么用吗?如果是这样的话,心里还真觉得空荡荡的。

也算是因为没有得到回答而心存报复吧,尽管二番町大夫也在,我一回到办公室,就把病历拿给井川大夫看,并且询问他："请问这是什么病呀?"

井川大夫看着职业一栏说："怎么,是舞蹈家呀!"接着,他又说道,"这可不得了啦,是腿部巨细胞瘤。"

我虽然不清楚是什么意思,但想起了"G"就是英文"巨大"的首字母。

"巨细胞瘤,而且是腿部肿瘤。"

"能治好吗?"

我问了和深町小姐同样的问题后,井川大夫说:

"有很多种可能,最坏的一种就是截肢。"

"截肢吗?"我吃了一惊,大叫一声。

正伏在办公室桌子上制作病历的二番町大夫用略显严厉的声音吩咐道:"村形小姐,帮我把门诊病历拿来。"

于是我忙像抢东西似的从井川大夫的手里夺过了病历。井川大夫说道:"什么呀,原来是二番町大夫的病人呀。"然后看向大夫,像做了什么坏事似的补充道,"抱歉。"

有什么抱歉的呀,就是因为二番町大夫不告诉我,我才问其他大夫的。可到了二番町大夫面前,井川大夫就像小师弟一样,一下子变得老实起来,真是奇怪。

平时那么威风,可一面对喜欢的人,男人怎么就变得那么温柔了。

二番町眉子的日记　　　四月七日(星期五)

本想说万里无云的,可天色有些曚昽。

天空几乎万里无云,一片晴朗,若用云量来形容的话,我认为是个大晴天。可是那片曚昽如果是春霞,也算得上有情趣了,但今天的霞却是烟雾。

因为是周五,所以在门诊待到下午一点钟。结束后来到办公室,村形护士通知我新的住院患者到了。

深町丽子,比我小两岁。

门诊诊断为"疑似右大腿巨细胞瘤"。

大体的诊断结束后,我要求她下周开始照 X 光片。

她是有名的 T 芭蕾第一人,长得实在是美!大大的眼睛怯生生地仰视着我。是呀,你就这样钻进我的笼子里来了!

略带不安的眼神真可爱。最近都没有这种美了。

不过,不知是不是她从小就被期待着将来会成为明星、一直以来都一帆风顺的缘故,稍微有那么点傲慢的感觉。

上村大夫对我说:"会去你的病房,所以就全拜托你了。"

而患者本人则用既放松又带点轻蔑的眼神审视着眼前这种情况,大概是由于发现主治医生是个女人的缘故吧。

这次的病例大概也会先做完各项检查,然后进行穿刺,决定恶化程度后再判断是否截肢吧。

检查时,稍微用力按压一下肿大部,她就呻吟出声,紧皱双眉。

这种情况下一般都会提醒护士说病人的表现夸张了,别让她任性。

正要出办公室,她母亲带着糕点来看我了,包装盒里还放了购物券。那是位年近六十的高雅妇人。

听说她父亲以前好像是驻巴西大使。

实验室里的兔子死了两只。

莫非是手术造成的伤害太大了?还是因为右腿被绑了石膏,害它们不能动的关系呢?其他十只也变得相当衰弱。

喂它们吃胡萝卜,还为了预防化脓,给每只注射了五万青霉素。

给兔子绑石膏的时候,我得知了雄兔和雌兔的反应是不一样的。

换句话说,雄兔被绑上石膏时,当然是不愿意的,可就连被绑上之后也会不停地弯下脖子去咬石膏,想办法把它解开。

与之不同的是,雌兔被绑上石膏时虽然也同样进行反抗,可一旦被绑上,不知是否已经认识到反抗也没用,抑或是认命放弃了,就只是把绑上石膏的腿耷拉在稻草上,轻轻摆摆耳朵,一动也不动。

并且只要一天,就甘心忍受这种命运了。不久便无可奈何地开始进食。

一边反复进行固执的抵抗,另一边则当情况变差时予以认可,然后等待着不久之后的雨过天晴。

虽然很难立刻判断出二者的态度哪个是正确的,但单从生存智慧来说的话,好像雌兔更胜一筹。

这存在于兔子身上的雌雄之差,也同样适用于人,但就算同是男或女,个体之间也会有差异。

眼前来看,井川大夫是雄性中的雄性,千叶大夫是雄性中略有些雌性的那种。.

深町丽子则是雌性之最。悲伤过后,就会放弃挣扎,开始进食吧……

期待中。

四

村形万里子的日记　　四月八日(星期六)　　晴

今晚六点,在四谷"武"寿司店的二楼举行了中山大夫的欢送会兼尾高大夫的迎新会。

中山大夫在自家附近的中野自立了门户,而尾高大夫好像要从大学被派过来实习一年。

尾高大夫今年二十五岁,听说去年刚通过国家考试,五官端正,是个美男子。

这样一来,护士们可能又要围着他喧闹起来了。

历来如此,一有帅气的年轻大夫过来,护士们就会立刻闹起来。我开始讨厌起这群人了。

尾高大夫好像还是个纯情的小伙子。

护士长和主任们给他倒酒,他就会红着脸喝下。那副拼命努力的样子真是可爱。护士长乘胜追击地又给他倒上。

大家都起哄劝他喝酒,看来从第一天起就很受欢迎嘛。

尾高大夫今天才与我们初次交往,要把大家的样子都记住大概还要花上很长一段时间吧。可护士中已经有人开始在他面前献起殷勤来,也有的人一看到大夫头上冒汗就立刻递上了手帕。

身为女人,我一眼就能看穿那些貌似爱慕大夫的人心里是怎么想的。

不知尾高大夫知不知道她们的爱慕之情,反正会说声"不好意思",并一一向她们点头致意。可我觉得那个大夫最感兴趣的实际上是二番町大夫吧。

这只是我个人的感觉。我无意中看到他干杯的时候曾有两三次偷偷地用眼睛上方的余光看向二番町大夫的方向。

可是二番町大夫又是一副事不关己的样子,静静地喝着酒,吃着寿司。

大夫本来食量就小,很少吃东西。原以为喝酒也只要一瓶左右就够了,可聚会结束的时候,大夫的眼眶微微泛红,整张脸都显得很艳丽。

井川大夫又像以往一样缠着二番町大夫不放,好像在不停地邀请她再去什么地方喝一杯。

我也没什么机会和大夫一起喝酒,所以本想结束后让她带我再去喝一次的,可八点过几分的时候,来了个电话找大夫,接过电话后,大夫就消失了。

想强留住她的井川大夫追到了走廊上,可过了一会儿就无精打采地回来了,看来后续的聚会也不会进行了吧。

二番町大夫起身离去的时候,尾高大夫也一脸寂寞地用目光追随着她。

这样一来,虽然没有明说,但我感到今晚聚会的中心人物还是二番町大夫。

尽管如此,大夫还是让众人感到万分遗憾地先行离去了。到底去了哪里呢?刚才的那个电话是不是她的恋人打来的呢?

可是大夫有恋人吗?

我果然还是对大夫的事情一无所知呀!

五

二番町眉子的日记　　四月八日(星期六)　　晴

虽说是星期六,门诊上还是像往常一样喧闹。

其中的一个理由就是:

毫无大碍的患者却来这么大的医院就诊。

比如说,门夹了手指呀,孩子跌倒伤了膝盖呀,颈部肌肉酸痛之类的。当然也不能说这类病情中就没有严重的。就算被门夹了手指,有时也会出现骨折或肌腱损伤。虽说孩子只是摔倒了,有时也会引起骨折或是膝盖内出血。只是颈部肌肉酸痛,也不能一口咬定就不会是颈椎发炎或是变形。

可一般来说,这种病例实在是太少了,大多数都并无大碍。

手指受伤一般是进行冷敷,摔伤了脚擦破皮的话,涂点红药水再静养就可以了。颈部肌肉酸痛时,可以试着用热水泡一下再做个按摩,轻轻活动活动,然后让人给推拿一下。做这些事,不就是个操作问题吗?

最近,怎么说呢,这些情况全都动用到了医院。连受一点无关紧要的小伤都要送到医院来。

关注医疗,重视自己的身体当然是好事,可这是不是有点过分依赖于医院了呢?

过去不像现在这样简简单单地就能到医院来。要先在家里做些力所能及的救助工作,只有不能应付的时候,才会万不得已来医院接受治疗。

这样做当然也有可能导致延误治疗,使本来治得好的病也变得没法医治了,但这种情况也只局限于极少数的病例。

最多一百例中有一例。

重视那一百例中的一例,并不是说连其他九十九例都必须要给予同等对待。那无关紧要的九十九例有必要争先恐后地到医院来吗?

不,我并不是要对患者来医院救治这件事说三道四。归根结底,医院还是依靠患者来维持的。

可是既然要去,难道不应该首先考虑一下到底有没有必要去医院之后再去吗?

大体上来说,就连外行人也应该感到这种状况有些奇怪,不太正常。即使摔到了膝盖,要判断出只是普通的皮外伤,是扭伤,还是骨折,并不是件多么困难的事情。

如果是皮外伤的话,疼是疼,可还能勉强走得了路,但骨折的话就基本上不能行走了。皮外伤第二天疼痛就能减轻了,可骨折的话疼痛反而会加剧……诸如此类,诸多不同。

即使万一是骨折,判断出不是普通的皮外伤之后再来医院不是更好吗?可是明明没什么大不了的,却光考虑些"万一""如果"之类的特殊情况,就连不痛不痒的小毛病也要一窝蜂地跑到医院来,这种风气可不好。举着"万一"的幌子,认为只要去医院就好的人,大都是乘兴起哄。

最常做这种事的,就是健康保险的持有者。持有保险的人原则上来说是不必缴纳治疗费用的。

依着"因为免费所以去医院"这个势头,"颈部肌肉酸痛"之类的小病也要到医院来。做出这种事的好像就是社会上那些懒汉,还有满嘴歪理净说别人坏话的家伙。

即便如此,因为是"男人",在适当的情况下还要摆出一副煞有介事的样子来摆摆架子呢。

恶心。

当然,也不只是男人,比如说妈妈们吧,就像前面写到的那样:孩子只是摔了一跤就赶紧送来医院。在此之前也不先停下想想能不能在家里治疗。

一是因为嫌给孩子处理伤口麻烦吧,又要涂红药水又要包扎绷带,所以送到医院来了。是这么算计的吧?

还是以"立刻就送去了医院"来逃脱责任呢?备好了借口以备不时之需,这种心机也算原因之一吧。

关于医疗方面,古时候起母亲就应该通过经验向孩子传授很多知识。

例如教给孩子"烫伤时要将面粉用醋和匀涂于伤处""割伤时要将烟草叶塞入伤口用于止血"之类的知识,而孩子则应再将其传于自己的子女。

虽说这种疗法未必优于现代医院的治疗手段,但是有时以此就足以应付了。至少应急的时候,就算只是做这些事,也会起很大的作用。平日里学学这种方法,到了有需要的时候,不会只是惊慌失措地等着医生,而是应该能够以外行人的方法来改善病人的状况。

现在的人过分依赖于医疗了。而过分依赖的后果,不就是一旦失去医疗的话,只能束手无策了吗?

母亲不给孩子处理伤口,除了觉得麻烦之外,还是因为不具备这方面的基础知识吧。

总而言之,毫无大碍的患者过度地来医院就医了。从现状看来,这些无关紧要的患者已经妨碍到了真正需要救治的伤员。真是让人不胜感慨。

虽说是无关紧要的患者,但只要他们说无论如何想去医院的话,就不能加以阻拦。但至少也要去附近的那些小诊所吧。

这么一说,私人医生们可能会生气,可私人诊所本来就是诊治那些小毛小病患者的地方。

像感冒啦,皮外伤啦,轻度腹泻啦,这些情况到该地或者该地所熟知的私人诊所去就诊就足够了。这也是为患者着想。

理想状况是:来大医院就医的都是需要该医院设备和专业医生的疑难杂症患者。应该将综合性大医院和私人小诊所分担的工作区分开来。

这样一来,医生和病人都会节省时间,感到满意的。可现在这种互动状况还远远不行。

患者恃病而娇,比起医生来,更相信医院的牌子,而医生之间则互相进行领域之争。

从这一件事，就可以看出日本医疗体制的混乱有多么明显。

总之，我不想诊治那些小病患。那些无足轻重的患者，还是饶了我吧！

我并不是特别想赚钱。之所以甘于做个从私人医生看来收入少得多的上班族大夫，就是因为想在大医院里诊治那些只有大医院才会有的、能够引起我专业兴趣的重大疾病患者。

我不是为了医治那些无聊的感冒、皮外伤的患者而留在医院的。

和那种不论什么样的病人，给钱就行的观点不同，虽然可能会被指责"作为医生，这样是不对的"，可我还是期待着能够勾起我的兴趣、能够满足我职业欲望的患者。

从这点来说，芭蕾舞演员深町丽子这样的患者最为合适。

那个病人说不定能从多种意义上满足我呢！

当晚在四谷举行了中山医生的欢送会兼尾高医生的迎新会。

中山大夫今后在中野自立门户了。比起治疗的乐趣，他更注重对钱的追求，所以以后必然会诊治那些小病患。自己束手无策的重病患当然应该送到这边来，可是想到要赚钱又怎么也不想放手，这是人之常情吧。

中山大夫头脑并非很聪明，却对病人很温柔，是从一开始就不适合在大医院工作的人。对病人所说的无聊的事情也要一一点头响应并与之商谈，因此，他做私人医生大概会成功吧。

希望他生意兴隆。

而从大学医院转来的尾高大夫，比我低三届。

是个美男子。

并且我想就连他自己也理所当然地注意到了吧,不知是由于今天是第一天的缘故呢,还是因为是在师兄师姐们面前呢,他做出了一副怯生生的着实纯情的模样。

本质却是个十足色鬼吧。

宴会上很快就被护士们包围起来,成了瞩目的中心。井川、千叶两位大夫因他受欢迎而有些扫兴的样子。三十多岁的男人也会对受欢迎的男士心存嫉妒啊,真令人高兴。

尾高大夫被护士们包围着,还不时向我这边目送秋波。

以为这样做会奏效吗?

平庸。

六

村形万里子的日记　　　四月十日(星期一)　　　阴

报纸上说,由于昨夜刮风,上野的樱花凋谢了许多。昨天麻子邀了我,我却没去,真是后悔。

早上,主任医师巡查病房。

在深町丽子小姐的病房里,二番町大夫从纸袋中拿出五六张X光片交给主任医师并进行了详细说明。

因为两人的谈话夹杂着德语,所以我不是很明白,可是从主任医师僵硬的表情中我预测到光片的结果可能并不好。

可是出示光片进行讲解的二番町大夫的表情反倒是生气勃勃的。看她的表情,我想结果也不是那么差吧。

深町小姐躺在病床上不安地听着二人的交谈,可能她也只是通过两人的表情来窥测病情,并不明白谈话的内容。

医生之间的对话夹杂着德语或是拉丁语,这样一来,确实不会被患者知晓其谈话的内容。虽说有这样的优点,但从不同角度思考,就会发现这种谈话也有反而会给病人带来不安等缺陷。

话虽如此,我也不知道到底哪个好些。

巡查病房结束后,我给深町小姐的腿重新包扎了绷带。

她问道:"光片的结果怎么样啊?"

"我想之后二番町大夫会向我们说明的。二番町大夫的表情很愉快,所以应该没什么好担心的吧!"

深町小姐很高兴二番町大夫成了她的主治医生。

她说:"因为是在外科,之前还心惊胆战地想,不知道要给我做些什么恐怖的治疗,却遇到位温柔的女大夫,真是太好了。"

深町小姐虽然是主任医师的熟人,可主任医师只负责汇总全体入院患者,并不直接负责每个患者的诊治工作。

患者是主任医师的熟人,又得了疑难病,通常应该交由二番町大夫的上级,例如井川大夫之类的人负责。这可能是由于主任医师考虑到深町小姐是位胆小的大小姐,所以才将她托付给了虽然有些年轻、却同样身为女性的二番町大夫。我认为这是个非常不错的选择。

确实,在毫无情趣可言的外科里,女医生的存在能够安抚病人的情绪。

因此,我们担任了原本不该由我们负责的特等病房的工作。我和大夫都感到工作量增加了,可是能够照顾像深町小姐那样的名人,倒也没什么不满。

下午,二番町大夫在病房里向深町小姐做的说明和早上对我所说的内容有些不同。

深町小姐询问病情的时候,大夫有些为难地点了下头,随即又像往常一样浮现出温柔的微笑,回答道:

"对不起,现在还不是很清楚。明天下午开始进行血管造影,这样一来会明了些的。今天只是单从 X 光片进行了各种推测。"

"良性呀恶性之类的,是怎么回事呀?"深町小姐又问。

"你得的病是骨肿瘤,简单来说,就是骨中长了突起物。这点基本上是没错的。可是肿瘤也分良性、恶性等诸多种类。比如说同样是长在脸上的肿块,可能是无需担心的青春痘,也可能是致命的面痈,有许许多多种情况。骨肿瘤也是一样,先要检查出到底是什么性质的东西,了解情况后再据此进行治疗。"

二番町大夫的说明虽然简单易懂,但对于深町小姐来说,因为关乎自己的病情,所以好像仅能听懂说明并不能感到满意。

"如果是恶性的话,要怎么样呢?"她问道。

我想起了井川大夫说过的"最坏的情况就是截肢",屏住呼吸听二番町大夫是怎样回答的。可大夫以相同的口吻说道:

"这要等确诊是恶性之后再考虑,不是现在应该考虑的事情。"说完笑了笑。

深町小姐像是被哄住了,老实地点了点头。而二番町大夫则趁着这个空隙,微微低下头退出房间走掉了。

剩下的两个人不禁相视而笑。可是想一想,对于深町小姐的问题,二番町大夫并未做出任何详细的解答。

大夫只留下了一些温柔的气氛,而问题好像还摆在那儿。

以身为护士的经验来说,我认为即使不明确却也基本上不用担心的情况下,大夫们会说"暂且没关系"。

如果不是认为病情不要紧,大夫也说不出这句话吧。当然,根据回答的大夫不同,答案也有差异,但是认定有可能是良性的时候,急于向患者通报这一好消息是人之常情吧。

这样一想,我又对二番町大夫的说法介意起来。我不认为那仅仅是装模作样。首先,二番町大夫是不会做这种事的。大夫是不是对深町小姐隐瞒了些什么呢?

我心里总想着这件事,非常想向大夫问个清楚,犹豫了半天又放弃了。

因为根据以前的经验,觉得二番町大夫不会认真回答,说不定还会给我脸色看。

二番町大夫总是对我们很温柔,很亲切,可有时会瞬间把自己封闭起来,摆出一副拒人于千里之外的神情。

我觉得大夫似乎有着不为我们所知的一面。

这是我对二番町大夫仅有的一点不满,但可能正是有了这一点,我们才更被她所吸引。

七

二番町眉子的日记　　四月十日(星期一)　　阴

昨晚起风,放在阳台上的龙舌兰的花盆倒了。

昨天早晨把它和石斛花一起放到阳台上去,晚上忘了拿进来就睡着了。没想到大风竟会将花盆吹倒。

龙舌兰的红叶倒在阳台坚硬的水泥地上,宛若红色衣裙坠落在岩石上一般。

与其纤细的美感不相称,这种植物竟意外地有着其强悍之处呢。

虽属百合科植物，分布在热带的非洲、澳大利亚等地，但在东京也能轻松过冬，不惧严寒。

明明是那么坚强的植物，却楚楚动人地绽放着雪白的花朵，芳香四溢。总觉得它表里不一之处有些滑稽。

改天再把它和石斛、鹤望兰（又称极乐鸟花）、安祖花一起摆到阳台上去。

不知是不是由于听了花店的建议、上了过氧化石灰的缘故，鹤望兰开出了和"极乐鸟花"这一名称相符的花朵：紫白相间，极其缤纷绚烂。

安祖花本来是被放到阳台上去的，后来因为看到午后阳光要变强，又搬回房间里来了。

从喇叭形大苞片里开出的安祖花像蛇芯子一样又红又尖，好似小孩子的生殖器一样小巧可爱。

上午，来了第二批新人。

下午，做了西村杏子延期进行的乳房切除手术。

主刀的是上村主任，助手是我和井川大夫。尾高大夫中途进来观察学习。

与料想的一样，西村杏子患的是乳腺癌。

连胸部的筋络都要剥离，花了两个小时。切下的乳房贴上标签放进了标本瓶中。泡在福尔马林液中的乳房如同一把白色的雨伞，在荧光灯的照射下略显苍白，有种凄凉的感觉，比起在杏子的胸口时增添了美感。

看了三十分钟后消除了疲劳。

正往标本瓶中放的时候，井川大夫来了，问我能不能和他共进晚餐。

我说刚做完西村小姐的手术所以不行。他坚持说今晚是千叶大夫值班,交给他没关系的。

强人所难!

这次再拒绝的话就是第三次了,没办法只好答应了他。

姑且先各自出了医院,然后到新桥站前的咖啡店"圣埃克絮佩里"会合。

之后他说知道一个氛围很好的地方,就带我去了目黑站附近G宾馆的餐厅。

G宾馆是战前的建筑,听说以前好像是军官俱乐部,很雅致。不愧威严之称,天花板上镶嵌着各种传统画。

我知道同名的G园是有名的婚典礼堂和宴会场所,却不知它还有宾馆。

不知是不是因为偏离了目黑市中心的缘故,大厅和餐厅里都是人影稀少,和他所描述的一样安静。

在这里吃过晚餐之后,我们在大厅一角处的酒吧里喝了点东西。井川大夫要了稀释酒类,我点了杯杜松子。

也没说什么话。

就含含糊糊地说了些工作上及家里的事。

井川大夫好像想过些日子就辞掉医院里的工作。上村大夫长他五岁,今年四十三,也没什么迹象要自立门户或是调动工作。这样一来,即使再在这里做下去,基本上也没有升到主任医师的希望了。

因此,他像是也在考虑着自立门户,可像他那样倔强的人,能干好吗?

与不久前开业的中山大夫的情况可是大不相同。

好像三十八岁是个坎儿,一到这个年纪,就必须决定是要自立门户还是继续做上班族。

此外,他还向我倾诉了和太太之间的矛盾。

我记得千叶大夫说过,井川大夫现在的太太以前是护士,是谈了一场轰轰烈烈的恋爱后结合在一起的。有一个孩子,好像正在上小学三年级,是个女孩。

向我倾诉和太太的不和,是在向我求助吗?

他说:"我的确错了,现在完全没有爱情可言。"

他难道认为"爱会恒久不变"吗?明明说是二十八岁才结的婚,又不是少男少女。

"因为爱情不会长久,所以在结婚前,基督教父都会特意问道:'你们会永远相爱吗?'然后再让新人起誓。"

我这么一说,他频频点头,真像小孩子一样。

这时候的他有些孩子气,和面对患者时果断利落的井川大夫的形象大相径庭。

是有点醉了,还是因为和我在一起心情平静下来了呢?

他恭维我说:"像大夫这样又美丽又知书达理的女性真是了不起。"又道,"下次我们去哪里旅行来歇口气吧。"

旅行是怎么一回事呢?当然不可能只是一男一女到处走走,看看风景,我想他当然是明白的。

"我并不需要歇口气。"我答道。

这么一说,他棱角分明的脸上双眼瞪大,目不转睛地盯着我,说:"不,我不是这个意思。"一个劲儿地辩解。

对了,那张脸和日本关公蟹很像。

喜欢上我了吧？没准儿就是这样。认为感觉不错，就用这么拙劣的借口来邀请我，结果却受到了极大的打击。

想要我的话，直截了当地对我说"想要"就行了。或者竭尽全力强取豪夺也可以嘛。

虽说强取豪夺也未必能得到吧……

乍一看仿佛带着忧郁气息的绅士般靠近，让人感到全身不适，真想欺负得他抱头哀求，特别是像他那样平日里不可一世的男人。

十点钟，他开车送我到楼下。

"接下来一个人做什么呢？"他问道，频频想向我靠近的样子。

下车时和他轻轻地握了下手。黑暗中，日本关公蟹灼热的眼神显出了些魅力，至少比在酒吧里讨好我时的样子要强得多。

今晚没忘记把放在阳台上的花盆拿进屋。茂盛的花叶蓦然给房间增添了些活气。

身上好像沾染了日本关公蟹那甩不掉的味道，于是冲进浴室，用海绵从握手的那只手掌开始擦起来。

深町丽子已经睡了吧，她的腿可真美……

八

村形万里子的日记　　四月十三日（星期四）　　晴

下午两点开始在透视室给深町小姐进行因X光片的耽搁而延期的血管造影。

动手术的是主治医生二番町大夫。

进行了全身麻醉之后，从右大腿的皮肤上侧注射了五十毫升的药液，然后再一次性注入造影剂就可以了。大夫一个人就够了，可尾高大夫也跟来了。

多了一个大夫可以观察麻醉状态,是挺有帮助的。实际上是尾高大夫积极要求这项工作的。

尾高大夫还年轻,大概想多实地观察记住些东西吧。虽说如此,他也太黏二番町大夫了。

就连之前进行的采集骨髓液的简单工作,也要大大咧咧地跟着去。着迷于尾高大夫的麻子见状好像有些沉不住气,两人倒还真是半斤八两。

总之可以确定的是,麻子在追求尾高大夫,而尾高大夫在追求二番町大夫。而二番町大夫还是一副不知情的老样子。另外的两人都还挺自得其乐的。

话说回来,今天二番町大夫可真是美得出奇。不,与其说美,不如说是艳丽更为贴切些。俊美的鼻子在淡淡的荧光灯的照射下朦朦胧胧地凸现出来。身处于昏暗的透视室里的大夫,就连同样身为女性的我见到了也会觉得惊艳。

搬运人员抬来了深町小姐。她仰躺在透视室的手术台上,内衣的前襟敞开着,露出了胸部,从腹部到足尖,整个下身只着一条白色衬裤。

在她左腕注射了静脉麻醉剂,嘴里数着一、二……数到十时,深町小姐睡着了。

在此期间,二番町大夫站在手术台一侧观望情况。尾高大夫在麻醉起效的时候,为了防止病人的下颚骨脱落,站到病人的头部旁边,双手从耳后将下颚向上推压。而深町小姐一陷入睡眠就停止了呼吸。

这是静脉麻醉时经常出现的情况。连我也知道只要立即拍击患者的胸口,就能恢复呼吸了。

因为二番町大夫两手已经消过毒了,所以拜托尾高大夫道:"请用手击打一下病人的胸口。"

于是尾高大夫松开了扣住病人下颚的手,开始拍打深町小姐袒露着乳房的胸口。可是感觉上只是啪啪作响,并没有什么力道。

"再用点力!"二番町大夫再次提醒道。

但尾高大夫的拍击还是那么无力,深町小姐一点恢复呼吸的迹象都没有。

突然,二番町大夫用胳膊肘推开了尾高大夫,用戴着消毒橡胶手套的手狠狠地击打起深町小姐的胸口。

大夫的身体那么纤细,那么大的力气究竟蕴藏在哪里呢?可能与单薄的胶皮手套和皮肤也有关系吧,整个透视室中回荡着"嘭嘭"的巨大撞击声。

这么一来,就连停止的呼吸也没有理由不被唤回。深町小姐像是受了惊吓一样吸了口气后,终于开始了平稳的呼吸。

二番町大夫重新戴好了消过毒的手套,在此期间,还要以同样的状态继续进行麻醉,真是麻烦。话说回来,在这件事上,尾高大夫在护士中间的评价急剧下降了。

我和须藤护士目睹了那个场面,而须藤护士和麻子的关系不好,所以马上开始向大家宣传起来:"尾高大夫看起来有模有样的,也就光长得好吧。身为医生实在是太差劲儿了。胆小怕事,连击打个胸口都做不来。"

那个大夫也是的,要不是非得跟在二番町大夫后面,就可以不用丢这个脸了。

但这么说起来,二番町大夫究竟用了多大的力气拍打的呀!

即使血管造影结束后回到病房,深町小姐的胸部横过乳房依然印着大夫的红色手印。我大吃一惊。

话说起来,二番町大夫看起来这么温柔,怎么会有那么大的力气击打呢?这么一想,突然觉得大夫有些可怕。

二番町眉子的日记　　四月十三日(星期四)　　晴

早晨醒得早,于是用发卷在头的前部做了卷发,再将其垂到额际。这原本是适合少年形象的发型,但可能是由于卷发的旋涡吧,反而增添了华丽感。

是不是有点花哨呢?

可是已经有些厌倦了那留在耳际毫无特色的卷发了。

整理了头发之后又画了唇线,耐心地涂上了口红,用唇膏将唇瓣涂出湿润的感觉。

照照镜子发现脸有种妖艳感。兴许偶尔化这种妆也不错呢!

上午中山大夫打来了电话,说他之前诊断过的一位叫井上某某的病人偶然去了他的医院,如果还留有该病人当时的病历的话,向他描述一下情况。

我决定查找一下后再给他答复。

说着说着,他跟我提出:"要是有离我这近的病人,请送到我这里来吧。"说得真是可怜。

听他说,他那里平均一天只有十个病人左右,到现在还没有做过一例手术。

我说刚开业不用着急,可他基本上是靠借款经营,所以着急也是理所当然的。

下午进行了深町丽子的血管造影。

在透视台上给她进行了麻醉。

我命令她跟在我后面数一、二……她这么做了。

数到六时声音有些奇怪,数到九时打了个哈欠,数到十时慢慢进入了睡眠。

同以往一样,瞬间停止了呼吸。我拜托尾高大夫迅速击打她的胸部施加刺激,可是他啪啪地拍打着,那种击打方式就像女人一样。

我看着看着就受不了了,还戴着消毒手套呢,就狠狠击打起来。

尾高大夫吃了一惊,抬头望着我。虽说是新手,也太软弱了。之后他惭愧地把眼睛移开,结束后也是悄悄地低着头离开了。

至此,那些被迷昏头的护士们也该清醒些了吧。比起他装模作样的时候,还是失落时的表情更有魅力呢。

一小时后回到病房里,深町丽子的胸口上还残留着手印。

即使如此,她的乳房还是那么紧致。我就是知道这样才全力击打的,可还是感受到了反弹回来的抵抗感。前天摘除的乳房形状也不错,可是没有那种反弹的强烈触感。

虽然形状又好又紧致,但遗憾的是,深町丽子的乳房已经不属于处女了。不论是受到击打时像蛇扬起镰刀形脖子一样突起的乳头还是乳晕的色泽,都表明早已知晓男人了。虽谈不上相当多,大概也和不少男性发生过关系吧。

像是印证我的想法一样,从麻醉中醒来时,她小声叫着一个男人的名字。

好像是叫着:"康……"

她有个名叫"康"的男人吗？向村形护士询问有没有男人来探视时，她回答说到目前已经见过五个了。

那么美丽的容貌，当然有男人靠过来了。可是被男人们众星捧月的日子说不定就快到头了。

傍晚看了血管造影的片子。

血管到了肿瘤的地方严重分叉、扭曲，部分地方出现回旋。

和料想的一样：疑似恶性肿瘤。

在办公室的荧光板上看光片的时候，千叶大夫进来了。他仔细地看了看后小声嘀咕道：

"那么一个美人，真是可怜。"

接着他又说："像她那样的，即使腿被截了肢，还是愿意娶来做老婆的。"

我打趣道："要真是截肢的话，不如把截下来的肢体带回家吧！"

"说的也是。"他频频点头道。

这不是开玩笑。她肢体的去处早已决定好了。

要回家时，井川大夫来到了研究室里。

他问道："今晚不出去喝一杯吗？"十分无精打采的样子。听说昨晚和他太太大吵一架后，太太回横滨的娘家去了。

难得单身一人，玩些更聪明的东西不是更好吗？还是说和我一起喝酒对他来说是最高明的选择呢？可是我没兴趣同情那些老婆跑掉的男人。

我拒绝了他的邀请，和表妹田井品子在涩谷吃了晚饭后去了六根木的"萨福"。

品子光是听了"萨福"的名字，就露出了颇有深意的笑容。

怕是只单纯地想到了女同性恋的事吧。

萨福是古希腊的女诗人,她和女友及女弟子的亲密关系被爱慕者们误解,说她沦入不伦之爱。我对表妹如是说明,她却不能认可。

没办法,只好连"莱斯波斯"(萨福的出生地)的事情一起加以说明。

之后,在公寓里,我们与以往一样……

九

村形万里子的日记　　四月十四日(星期五)　　阴

虽然樱花季节已经结束,但寒意又重新袭来。房间里的暖气从这月开始停供,所以早晨冷得不行。

昨晚和同屋的麻子值晚班,十二点之后回到家,睡意早就不见了。

"你是怎么想的?"麻子立即提起了尾高大夫的话题。

麻子从今天下午四点开始值晚班,好像听说了昨天下午X光室发生的血管造影那件事。

说什么对于尾高大夫一点胆量都没有、不值得信赖之类的评价有些过分。

尾高大夫做医生只有一年时间,而且这一年也只是在大学医院里,没怎么接触过患者。没道理把他和已经当了四年医生的二番町大夫相比。

虽说是男人,没有经验只凭胆量,也是不行的。虽然作为医生还不成熟,但这也不是尾高大夫的错啊,更别提什么他没有男性魅力之类的话,真是说得过分了。

简单概括一下,这些就是麻子的意见。

我想她大概是听须藤她们说了什么吧。麻子十分气愤,提议要出去喝酒。

我说:"已经这么晚了,没有店还开着了。"

麻子递了个眼色道:

"那,你等着。"就出了房门。

十分钟后,麻子抱着个贴有礼签的箱子回来了。礼签上注有"聊表寸心",下面用毛笔写着"深町丽子"。

麻子解释说,值晚班到了下午七点左右,尾高大夫晃到办公室来,对一个人值班的麻子说:"我不需要,你拿去吧。"

麻子说:"难得病人的一番心意,您还是收着吧。"

尾高大夫却说:"我在家也不怎么喝酒。"

病人给大夫送礼是常有的事。

至于礼物,病人们经常会向我咨询:"送些什么才好呢?"我也只能回答说,只要送些自己觉得好的又在经济能力承受范围之内的东西就行了。

本来也不会因为给大夫和我们送了礼而在治疗或看护病人的时候给予酌情照顾。谁也不会想要以此作为标准来进行差别待遇。实际上,患者摆在眼前,是根本做不出这种事情的。

会感觉受到什么差别待遇,绝大多数是出于患者自己的偏见。

比方说收到什么礼物的时候,有时会不小心在别的患者面前说出"昨天真是谢谢了"之类的话。

"千万不要在别的病人面前道谢。谢的话要等到这个病人一个人在的时候再说。"

主任师姐曾这么告诫过我,但我总是忘记。

而且大房间的病人很少会只有一个人在场,只和那个人悄悄道谢真是太难了。

病人因为无聊就容易偏激,所以我们如果只对特定的病人亲切说话、悉心照顾的话,别的病人立刻就会胡思乱想起来。在这一点上,他们和小孩子没什么分别。

所以收礼的时候一定要多加注意。

最近大夫中有很多人收了礼物也保持沉默,不去道谢。大概是怕多余的道谢反倒让其他病人心存偏见而不好应付吧。

不去道谢的大夫有主任医师(病人是由熟人介绍的情况比较多,说不定私底下会去道谢)、井川大夫和二番町大夫。

道谢的有千叶大夫和已经辞职的中山大夫等人。至于尾高大夫怎么样,现在还不清楚。

不去道谢,是在表明不会被病人的礼物影响治疗态度的决心,还是嫌去道谢麻烦呢?也许还是傲慢的大夫多些吧。

比如说井川大夫。

二番町大夫属于哪种类型呢?

表面上看起来并不骄傲,可看她什么也不说的样子,说不定有自己特殊的理由呢。

与之相反,我认为道谢是由于接受了别人的好意而流露出来的自然而然的感情。

我们护士是尽量要和送礼的病人悄悄说声谢谢的。可是对于大夫们来说,除了巡视病房的时候,基本上很少有机会和病人接触,因此找机会道谢挺难的。

可能个人有个人的想法吧,但对我们来说,还是比较认同与病人道谢的大夫。

因为许多病人送礼都是由陪同的人拿到办公室,再嘱托我们说"请把它交给某某大夫"的。

我们介入其中把礼物交给大夫,如果大夫们不去道谢的话,病人就会认为我们没有把礼物拿给大夫,而是把东西私藏起来了。这种担心也是存在的。

话虽如此,但拜托我们转交的都是极其普通的东西。虽然这么说有点过分,但确实不是什么贵重物品。至少没有人要我们转交过现金。

大致上都是清酒呀一箱威士忌呀之类,还有烟和贴着标签的T恤衫。

病人不知道大夫们的喜好,就会问我们:"那位大夫喝酒吗?""抽烟吗?"

病人送礼一般都选在住院时、出院时,还有手术后。

其中也有频繁送礼的,但整体看来,也不是所有病人都会送。而且就大夫们来看的话,收到一打啤酒或是一瓶清酒也不会带回家,结果一般都是大家一起在办公室里喝了了事。

这样看来,即使送了啤酒或桶酒之类,大夫个人也拿不到什么好处。至少箱装的威士忌、香烟之类的话,是不会大家一起分享的。可关系好的话,好像还是会拿来分的。总之,外科的大夫们之间像是有着在同一个饭碗里吃饭般的强烈的亲近感。

这么想来,还是贴有标签的T恤衫啦、领带之类好,最易个人享用。当然,商品券、钱之类的也是这样的。

我们护士多数情况下会收到水果和点心,所以也会大家一起享用。因此要是偶尔收到手帕、围巾之类的个人物品就会窃喜。

话说回来,深町小姐为什么要给尾高大夫送礼呢?

尾高大夫又不是深町小姐的主治医生,也没听说过他们认识呀。

深町小姐的母亲是个非常细心的人,我想她一定事先给主任和二番町大夫都送过礼,请他们多关照了。可是有必要连尾高大夫都送上礼物吗?

我问了麻子,她满不在乎地说:

"血管造影时帮了忙了嘛!"

但是就帮了这点小忙有必要送礼吗?

"可就是今天傍晚送给我的嘛,难道不是吗?"麻子毫不怀疑地说道。

这么一说我也觉得是了。但如果真是这样的话,那也真是太细心了。

"给那个别说帮忙了,反倒碍手碍脚的大夫送礼?"

我终归没能将讽刺的话说出口。

打开箱子一看,果然是威士忌,并且还是名酒中纯黑的那种,听说这么一瓶就要将近七八千块。只是给帮助检查的大夫就送了这么贵重的礼物,不愧是住进特等病房的人才有的大手笔呀!

不知是不是因为酒好,听麻子说着说着,两人就喝了大半瓶。

喝着喝着,想到尾高大夫明明会喝酒,为什么要转送给麻子呢?觉得不可思议起来。

麻子说:"早想过这威士忌很值钱了",又道,"那位大夫收到不合情理的礼物就不要!"

说完了这些话后,酒劲儿渐渐上来了,竟说出"尾高大夫说不定是喜欢我呢"。

麻子这家伙,又得意起来了吧?

被转送了从病人那儿收到的礼物,就认为是看上自己了,这也太草率了吧。

看来麻子对尾高大夫相当着迷。那个大夫到底哪儿好呀?

只因为他年轻长得帅又是单身就迷恋他的话,也实在是庸俗。

我就喜欢更年长些、超过三十五岁的沉稳男人。不然的话,像二番町大夫那样绝对漂亮的大姐姐也好啊!

"送了那么贵重的礼物,看来深町小姐说不定对尾高大夫有好感呢!"

我说了句挖苦话,麻子立刻红了脸,矢口否认道:

"那人可不行!腿不行了呀!兴许会截肢呢!"

那种说法就好像期待着截肢一样。

以这种情况看来,麻子可被尾高大夫迷得不轻呢。只要那人稍微搭句话,好像什么都会答应他。

危险啊……

在护士学校的时候就因为迷恋实习医生远藤大夫吃过亏,看来已经忘了吧。

麻子还真容易迷上某个人呢。

一喝醉酒就哭得稀里哗啦的麻子不住地说:"我喜欢尾高大夫,喜欢他!"闹到凌晨三点钟才睡。

全怪她,今天早上难受死了。

醒来好不容易起了床,却在上班的时候隐隐头痛。别管多好的威士忌,喝多了也会这样吧。

早上醒来,桌子上散落着酒瓶和酒杯,房间里弥漫着威士忌的味道。

麻子今天还是晚班,正舒舒服服地睡着。我有些生气,但还是强压着火气去医院上班了。

早上巡视病房的时候,二番町大夫告诉深町小姐,下周三要进行腿部肿瘤的穿刺手术,并解释说:"血管造影的结果也不能一概排除是恶性肿瘤。"

这倒像是大夫会用的那种小心谨慎的讲话方式。

下午去了深町小姐的病房,她一个劲儿地对我说:"要不是癌呀肉瘤之类的恶性肿瘤就好了。"

光听二番町大夫的说明,会那么想也是理所当然。可是大夫是不是早就已经知道实情了呢?如果已经知道治不好了还那么说的话,大夫该是多么残酷的一个人啊!不,那种说法也许对病人来说比较委婉。总之我是看不明白。

不知是不是由于昨晚太累的缘故,吃过晚饭后睡意马上就袭来了。

多亏麻子帮我打扫了房间,铺上被子就睡下了。

二番町眉子的日记　　四月十四日(星期五)　　阴

早晨进行的会议(病例研讨会)上,血管造影及各项检查结果都出来了,所以开始讨论深町丽子的病情。

上村主任和下面各位医生的意见中,多诊断为"巨细胞瘤"。

正规来说,还要进行病理检查,但也不能一概排除"恶性"的可能。

下周三下午进行的穿刺手术中,将会摘除部分肿瘤送去做病理鉴定,如果显微镜的检测结果确定是恶性的话,还要再进行讨论。

早上巡查病房时告诉了深町丽子这个结果。

她睁大了那双睫毛修长的眼睛,反问道:"这是好消息,还是坏消息呢?"

进行穿刺的目的一是确认是不是恶性,另外还包含研究学问方面的兴趣。

穿刺本身并没有治疗效果。

于是我只能答道:"也不能否定恶性的可能。"

看似明白却不明白的回答。自己想着是 A,却暗示人 A、B 皆可的说法。说起来近似于国会答辩了。

话说回来,深町丽子那羚羊一样的腿是多么美啊!

如果把那条腿切除的话……

拥有天生美貌的傲慢女郎就要变成跛子了。斜着肩,撑着腰跟在我的后面。

我的一言一行、举手投足都刺激着她的神经,让她亦喜亦悲。

不久她就要进入我的掌心中,将要沦为我奴隶的可爱的小宝贝啊……

晚上,表妹田井品子打来了电话。

她用娇媚的声音说道:"姐,还好吗?昨晚可真过分!"

明明上了大学三年级,已经二十一岁了,还是一副未经人事的样子。她父亲的血脉应该更淫荡吧。

去过"萨福"之后带她回到公寓里,轻轻地爱抚了她的乳房。

品子的乳房较大,与她娇小的体格不符。可是乳头埋没在乳晕中,发育得并不好。还没经历过男人。

这次刚开始时也惊慌失措地想逃,但中途开始小声地呻吟出声了。

折磨处女自有其妙不可言的滋味,但过后却残留下一种无趣感。而且小声反抗的时候感觉还好,可中途大胆起来,感受到快感扬高了声音后,我也就没了兴致。

一个小时的爱抚过后,轻轻地接了个吻就让她回去了。但是看她今天来电话的样子,像是还想见面。

本来真想约她的,但是后来想刁难她一下,就什么也没说。

说了将近三十分钟关于学校、朋友之类无聊的话题之后挂断了电话。

年轻又听话是品子的可取之处,但我不太喜欢和她之间的表姐妹关系。

之前的事情无论如何也要向叔叔婶婶保密。

品子到底能不能守住这个秘密呢?最近还得约她一次,必须把这件事情讲清楚。

这点上看来,如果是护士村形万里子的话,她是毫不相干的陌生人,大概就没那么麻烦了。

村形万里子的日记　　四月十七日(星期一)　　晴

下午两点开始进行了深町小姐大腿处肿瘤的穿刺手术。

据二番町大夫所说,临床上好像是巨细胞瘤之类的东西。为了明确起见,摘除了部分肿瘤送去病理检查,在那里用显微镜进行研究。

名为巨细胞瘤的肿瘤主要生成于手脚关节附近的地方,由于肿瘤中有着异常巨大的细胞而得名。

虽然生成于骨头上,但多为良性,只要摘除肿瘤就好了。偶尔也会是癌呀肉瘤之类的恶性肿瘤,如果是这种情况的话,好像必须要从肿瘤的上方进行截肢。

我听说之后吓了一跳。

从没想过深町小姐会被截肢。如果万一真是恶性,要截肢的话……

那人是芭蕾舞演员,腿就是生命。

那么美的腿要被截掉,想想就觉得呼吸困难。

"绝对不会有这种情况发生的吧?"我再次询问道。

大夫说:"也许吧。"微微笑了笑。

难道是我的问题太幼稚而感到可笑吗?可我真是认真的。

因此我对这件事耿耿于怀,之后又问了尾高大夫同样的问题。

据尾高大夫说,巨细胞瘤分为一级到三级不等。一级的性质最好,三级情况最差。如果是一级或二级的话,只要把肿瘤部分摘除就好了,可三级的话就要截肢。这种情况即使只去除肿瘤,恶性细胞也会通过血管传遍全身,会有致命的危险。

"但那好像不是什么恶性肿瘤。"尾高一副自信满满的样子。

虽然尾高大夫不怎么值得信赖,但暂且放心了。

如果真要切除这么美的肢体,那简直是对神灵的亵渎。

当然,深町小姐自己连做梦也不会想到这样的事吧。

对于二番町大夫所说的"只是摘除部分肿瘤拿到显微镜下研究"的话,她原原本本地相信了,并且还满不在乎地说:"这种地方应该能用显微镜研究吧。"

我认为绝对没问题,这只是作为手术前的一个程序而进行的全面检查。

可是,之前的西村小姐就是用显微镜研究乳房切片查出了患有乳癌而被切除了乳房。

那个情况是用显微镜观察前就已经大致推断出是癌症了,所以毫无办法。但想到她那检查结果竟是切除,我还是担心起来。

听说三级巨细胞瘤基本上是不存在的,但是万里有一啊!

希望不会是那种结果……

我不信那人会失去自己的腿。

我跟麻子一说,她边说着:"没关系的啦。"却又道,"可如果那人被截了肢,也有点大快人心呢!"

说了多可怕的话啊!我完全呆住,什么话也说不出来。但事后想想,我觉得自己心中的某个角落也在这么想着。

可这也太残酷了。麻子可能是因为尾高大夫的缘故,不怎么喜欢深町小姐吧。

女人,为什么会这样呢?

不知道为什么,夜里梦到深町小姐哭着说自己被截了肢。

十

二番町眉子的日记　　四月十七晶(星期一)　　晴

下午进行深町丽子的穿刺手术。因为是个简单的手术,所以静脉麻醉后,用了十分钟就结束了。

取出了三处肿瘤切片,直接送往病理检查室了。等待检验结果,到周三的例会上提交。

可能是长时间穿舞鞋的缘故吧,她的足尖都向内侧凹陷。明明都躺在病床上了,却还涂着红色的指甲油。

话说回来,不知是经过锻炼后人的腿都可以变得这么美,还是她的腿天生就美,不论看多久,都不会觉得厌倦。

由于麻醉的缘故而沉睡的脸庞还是那么美,深町丽子鼻子向上高挺着,长长的睫毛将眼睛覆盖住,像是等着人去爱抚她一样。

村形万里子的日记　　四月十八日(星期二)　　阴

今天值晚班。下午四点出勤后,听麻子说深町小姐的腿已经确定要截肢了。

不会吧……

我大吃一惊,忙向二番町大夫询问,她只是沉默地点了点头。问她截肢的原因也没有回答。

是因为这种事就算和护士说了也起不到什么作用吗?

晚上值班时又向千叶大夫确认了一下,果然是真的。反正从检查室送来的结果好像是"恶性三级"。

千叶大夫说:"三级的话就没办法了。"

尽管如此,仍有一部分大夫犹豫着要不要截肢。但事到如今,要是由于无聊的同情心导致病情延误丢掉性命的话,就不妙了,所以最终还是决定要进行截肢。

"可是,真是那么恶性的东西吗?"千叶大夫还是一副难以置信的样子。

"绝对是搞错了,有什么地方出了岔子。"我激动地说道。

但是检查室的鉴定结果好像是不会出错的。

太可怕了,想不到这事变成了真的。

好像还没有把截肢的消息通知深町小姐。

晚上她那作曲家未婚夫来探视,病房里还传出了笑声。

把这个消息传达给她的任务自然是落到了身为主治医生的二番町大夫身上。可大夫要怎么跟她说呢?

得知要被截肢的深町小姐会说些什么呢？

光是想想就觉得可怕。这一残酷的时间临近了。

晚上又梦到深町小姐哭泣。

二番町眉子的日记　　四月十八日（星期二）　　阴

决定深町丽子右大腿部截肢。

半夜风大起来。

晚上睡不着，"白色猎人"这个词突然浮现在我的脑海里。

是啊，白色猎人……

第一章　截肢

一

村形万里子的日记　　四月十九日（星期三）　　晴

今天下午深町小姐大闹起来，花了半天时间才把她制住。

原因是上午巡视病房的时候，二番町大夫告诉她："检查的结果是恶性，必须要进行截肢。"

瞬间，深町小姐就像是听到别人的事情一样，之后又问了一遍："说什么？"

二番町大夫又解释了一遍。听完后过了几秒钟，深町小姐像是发了狂一样哭出声来。

"不要，我绝不要！"

深町丽子不住地摇头，大声叫喊，之后叫道："就是死也不要！"

被告知这种事的时候，大多数患者都是瞬间面部表情呆滞。

不是接受了事实,而是惊呆了,话都说不出来了。确实,这个时候的深町小姐也是眼神凝滞,直直地望着二番町大夫,眨也不眨。

之后表情突然变化,深町小姐就那么无休无止地大哭起来。时而叫喊,时而用被子蒙住脸,时而又像疯了一样抽抽搭搭地哭泣。

真是可怜。我非常能够理解深町小姐的心情。

二番町大夫看着不住哭泣的深町小姐,沉默地走出了病房。

大夫真是冷静。

可是大夫如果回来的话就好了,剩下我们在那里,可真是倒了霉了。

接下来的三十分钟,我和她的母亲一起安慰她平静下来。好不容易能够回去吃午饭了,可之后的情况更糟糕。

午休结束后回到办公室,还没过十分钟,深町小姐的病房就响起了刺耳的警铃声。我连忙跑过去一看,发现她的母亲缩在角落里,而深町小姐从床上爬了起来,书呀、水果呀、花呀,只要床周围抓得到的东西都往外扔。

"不,我绝不要!要是截肢我就去死!杀了我吧!"

美丽的卷发被抓乱了,她哭泣着,往地上乱扔东西。

她的母亲好像已经制止不了了,只好把我叫来。

我和她母亲协力想让她老实休息,但不知道她哪来的那么大的力气,先是甩开了正抓住她手的母亲,我一靠近,又用方便的左腿狠狠地踢打我的侧腹。

最后又用极大的力气乱扔床边的布娃娃、杯子和花瓶。

这样实在难以制服她。求助于麻子和康子,最后也只能把她按到床上去。即使如此她仍然很激动,手脚乱摆乱动,大声哭泣。

我鼓励她说:"打起精神来!为了这件事意志消沉可不行!"

"你们根本不会理解我的心情!"她这么一说,我也找不出可以安慰的话了。

可是这么被她大吵大闹也真是件让人头疼的事。我不住地说:"还没决定一定要截呢。"但就连说这话的本人也知道这种安慰什么作用也起不到。真是很难处理啊!

她这样激动的状态也不见收敛,瞄准我们疏忽的时候又起来抓挠床单,乱扔东西。没有办法,只好请来了二番町大夫。

大夫一进房间就皱起漂亮的眉毛。但她很快就来到深町小姐的面前,温柔地抚摸着她的头发说:"检查室只说是恶性,并没说一定要截肢,说不定不用截呢。总之,手术前请保持心平气和。"

二番町大夫嘱咐我们给她喝了一剂溴米那制镇静剂,留下一个微笑后走出了病房。

就像刮过一阵清爽的凉风一样,她仅用一句话就使得发疯一样哭泣的深町小姐止住了哭声。

"可能不用截肢吗?"深町小姐又确认了一遍后,只剩下了轻轻的啜泣声。

还是大夫的威力大!我们四个人恶战了将近两个小时,而大夫只用一句话就让她骤然安静下来。

可是那么说真的好吗?早上巡查病房时明确地说要截肢的,下午却又换了个说法。

到底哪个才是真的啊?如果是信口胡说的话是不是有些太过分了?可这是大夫的职责所在,也是没有办法的事。

话说回来,还真是没有比癌症呀肉瘤之类更可怕的病了。虽说人生有幸运与不幸之分,但我想没有比患上可怕的疾病更加不幸的事情了。

总之,这种病不管平日里怎么注意保养也是防不胜防的。

深町小姐也不是什么坏事做多、心肠恶毒的人。

天上的神仙在想些什么呢?

先不说这个,今天在病房里照顾深町小姐的时候,我突然想:她不就是个被惯坏的孩子吗?

是呀,长在好人家,从小一帆风顺地被养大,所以就是比我们任性些也是没有办法的事情。但今天的闹法还是有些过分了。

我到目前为止也见过几个被截肢或是切除乳房的病人。

可是决定要切除的时候他们虽然伤心,但那样大吵大闹的我还是第一次见到。

当然,深町小姐是芭蕾舞演员,失去了腿就意味着失去舞台、事业、荣誉……就意味着失去了全部,所以和普通人的情况有所不同。

从这层上想来还真是可怜。

如果被截了肢,她会怎样呢?

手术日期就定在明后天,却又说也许不用截肢,二番町大夫打算怎么办呢?

截肢还是不用截肢呢?明明是别人的事情,却想起来就觉得胸口一紧。

二番町眉子的日记　　四月十九日(星期三)　　晴

上午在门诊看诊时,《周刊女士》打来了电话询问深町丽子的病情。我以正在诊断为理由拒绝了。对方又问下午怎么样,我再次拒绝了。听对方还是很执着的口气,我就把电话挂断了。

诊断时打来电话太没礼貌了。

就那么想问深町丽子的事吗?

上午通知了她截肢的事情。

她瞬间呆住了,也不出声。

之后好像吵闹起来。一个小时后,我被叫到了病房。过去看了看,她大声吵闹、又哭又叫,果真正上演着一场悲情戏。

悲伤哭泣的脸庞,还真是美。

听她母亲说她已经秘密订婚了,未婚夫是作曲家门胁康介。之前血管造影后叫的"康"就是这个男人吧。

她母亲边说边哭了起来。

我姑且说也可能在手术室切开伤口时发现不用截肢,先让她们平静下来。

然后提醒她们清除利器、绳索之类的自杀工具,严加看守。

晚上,尾高大夫打来了电话。

说深町丽子暴躁起来企图咬舌自尽。我回答说试着按住她并给她注射强度镇静剂。

想想尾高大夫那张发愁的脸就觉得可笑。

一个小时后尾高大夫又打电话来说已经安静下来了。之后又谈到加缪的荒谬论,控诉起了没有任何预告、没有任何理由就某天突然袭来的恶性肿瘤的荒谬性,他好像认为那是个非常周密的理论。虽然无聊但也听了会儿。

他只说到了荒谬的残酷性,却忽视了其美丽之处。

降临在深町丽子身上的荒谬是多么残酷而美丽啊!

猎取那如同古希腊雕像般完美无瑕的腿,这种狩猎是件多么华丽而美妙的事情啊!

村形万里子的日记　　四月二十日（星期四）　　阴

决定明天下午两点钟开始进行深町小姐的手术。计划表上已经写上了"右大腿截肢手术"。

深町小姐还想着可以不用截肢呢。如果从手术室回来知道已经被截肢的话，得多么伤心啊。

家人好像都已经放弃了，难道还是不应该告知本人真实情况吗？

话说回来，从诊断为恶性肿瘤到进行截肢，动作还真是快。

如果放置一段时间的话，就会延误治疗吧？

二番町眉子的日记　　四月二十日（星期四）　　阴

决定明天为深町丽子截肢。

延迟的话，对我们两人的精神健康都不利。

二

村形万里子的日记　　四月二十一日（星期五）　　晴

今天下午两点开始进行深町小姐的手术。

成员为：主刀医生主任上村大夫，第一助手二番町大夫，第二助手尾高大夫。

二番町大夫在手术前一小时来到病房进行诊断。测过血压之后，对一直沉默的深町小姐说了句："请放心吧！"并展露出了笑脸。

因连日的哭泣而看上去老了十几岁的深町小姐只是看着白色的墙壁，一句话也没说。

可是一个小时后，深町丽子被抬上担架车送往手术室的时候，虽然喝了镇静剂,神志不清,但还是不停地说着:"不要截肢……"

听了都觉得难受。

手术室是独立的部门,护士也是不同的,所以我们作为病房护士并不清楚手术进行得怎么样了。

现在那美丽的腿正在从根部被切除吗?

直到下午三点钟,我都因想着那件事以至于不能专心工作。

心神不宁地看了几次表,还想着说不定手术中止了呢。

深町小姐过了三点还没有回到病房。不久到了四点钟,该交班了。可她还是没有出现。

过了四点钟可以回去了,可我因为担心留在了办公室。

结果深町小姐是四点二十几分回来的。

听到对讲机中传出由手术室响起的"深町小姐的手术结束了,请把她带回病房"的声音,我一下子站了起来。

躺在担架车上的深町小姐由于麻醉的缘故还在沉睡,她那因失去血色而苍白的脸上,投下修长睫毛和俊美鼻子的浅影。我看着看着竟产生了好像在看什么崇高的雕塑一样的感觉。

我明明不上班,却跟在担架车的后面进了病房。

森护士和见习的安井护士在拿掉盖在深町小姐身上的毯子,想把她移到病床上去的时候,我们三人都忍不住叫出声来。

花睡衣下面露出来的只有一条腿。

被截肢了……

把她移到床上,掀开睡衣的下摆一看,露出的是深町小姐那包裹着白色绷带、像棍棒顶端一样变短的腿。

明明知道截肢是怎么回事,我看到之后还是完全乱了阵脚。

到现在还是不能相信那漂亮的腿就这么没了。那时看到的裹在绷带里的腿是不是幻觉？会不会是一时看错了？

可是，没有错。

随后大夫来看了一下患者的情况。我问道："真的切除了吗？"大夫回答说："看样子不就知道了吗？"

确实看样子就明白了。因为眼见为实，腿确实是没了。

但是手术后大夫好像非常不开心。

森护士在挂点滴瓶的时候花了点功夫，大夫就责备道："干什么呢，磨磨蹭蹭的！"声音虽低却很尖锐，甚至还发出不耐烦的咂舌声。

接着，又对深町小姐那围在病床边抽泣的妈妈和妹妹说了句"别碍事"，就把她们都赶到病房外面去了。

连续数天被深町小姐的悲伤所困扰，大夫可能身心俱疲，有些烦躁了吧。

话说回来，从麻醉中醒来的深町小姐发现自己的腿没有了，会说些什么呢？

大声哭泣吗？不，不会仅仅是这样，这次不会真的要寻死了吧！

明天大夫会向醒来的深町小姐说些什么呢？

真不愿和那样的深町小姐接触啊。

一直考虑截肢的事情，过了十二点也睡不着。

二番町眉子的日记　　四月二十一日（星期五）　　晴

下午进行了深町丽子的右大腿截肢手术。

由右大腿膝盖上方十五厘米处开始切除，进行了筒状缝合后于四点钟结束。

切除的肢体放到地下研究室标本瓶中的福尔马林液里进行保存。

肿瘤部呈土黄色肿起状,而膝盖以下的部分由于失血就像白蜡烛一样。

手术后匆匆洗了个澡就赶到病房去了。病人的母亲、妹妹及亲属,一群人都围在病房里询问手术结果。我把截肢的事告诉他们,他们先是瞬间目不转睛地盯着我,不一会儿一起哭出声来。

特别是她母亲哭声很大,她的宝贝女儿被打了麻药,老老实实地躺在床上沉睡。

晚上是井川大夫当班。是他的话,我就放心了。

回去时去看了看放在研究室角落的标本瓶中的断肢。

深町丽子的肢体在福尔马林液中轻轻地弯着膝,脚尖踮起,仿佛眼看就要翩翩起舞,又像是在乞求人原谅似的跪着。

从今晚开始,你就只是这样一条无人理会的断肢了……

那种美丽永远也不会逝去了。

晚安……

三

村形万里子的日记　　四月二十二日(星期六)　　晴

今天早上护士交班的时候,值夜班的麻子眼睛熬得通红。

交班时问了一下,她说昨晚深町丽子从麻醉中醒来发现被截了肢,陷入了半疯狂状态,大哭大叫。

听说她的声音实在太吵了,周围病房的病人都没能睡觉,可谁也没有抱怨。

可能大家想到深町小姐的悲伤,都不想抱怨吧。

看护记录上写着从昨晚到今早,打了两支麻醉剂和两支镇静剂。

早上六点测得的体温是三十八点二摄氏度。大手术后多少都会发点烧的,之所以会有点偏高,可能是哭叫吵闹的缘故吧。

我立刻去深町小姐的病房看了看,不知是不是早上注射的镇静剂的效用,深町小姐把脸埋在枕头里正在沉睡。可是眼睛周围又红又肿,一看就知道昨晚哭了一夜。

一小时以后在办公室见到了二番町大夫。大夫看过深町小姐的温度板和昨晚的看护记录后去了病房。

大夫去病房的时候,深町小姐已经醒来了。想到两人交锋的情形我颇为紧张,可结果却出奇简单。

"疼痛减轻了些吗?"大夫问道。

深町小姐什么也没说,一下子把脸转了过去。尽管如此,大夫还是表情温柔地掀开毯子,看了一下隔离架下的腿。

切割处的伤口用纱布包扎着,上面裹着绷带,绷带上又覆上弹力绷带。

大夫自己沉着地将绷带拿下,露出了伤口。

切割处的顶端像三味线的拨子一样向左右扩展着,在其两侧可以看到橡胶疏导管。

二番町大夫命令我抬起腿的一端,然后用拿在手里的纱布挤压疏导管的周围。深町小姐瞬间大叫道:"好痛!"脑袋剧烈地左右晃动起来。

深町小姐的母亲不堪忍受,捂住了脸。深町小姐不停地大声叫喊,而大夫则无动于衷,继续挤压。

疏导管的两端滴下了积血和腐肉样子的东西，下面放置的容器染成了黑红色。

在此期间，深町小姐不住地哭喊："住手！住手！"

我看看按压伤处周围挤出红色鲜血的大夫，又看看发出惨叫的深町小姐，看着这两位女性，我感觉好像看到了什么凄惨的地狱图一样，全身被一种恐惧感包围了。

最后深町小姐连"杀人犯"都叫了出来，可大夫非但没有生气，那张脸上反倒露出了笑容。

二番町大夫到底是仙女还是夜叉呢？

一瞬间好像在仙女似的表情下看到了恶魔一样的脸。

几分钟后，大夫终于停止了挤压，用硫柳汞杀菌剂擦拭了被血弄脏的伤口。尽管如此，深町小姐还是没有停止哭泣，始终用被单蒙着脸。

这样一来，最终也没有看到深町小姐质问大夫关于截肢的那一幕。

我并不是特别期待着这种场景，不过我倒是想知道如果被质问的话，大夫会怎样回答。

下午深町小姐又说疼，所以我去了病房。

我想大概是母亲一个人陪着吧。但是进去一看，她母亲并不在，只有她的未婚夫门胁先生。

不知这人是不是长期在国外生活，不管什么时候见到都很时尚，又有品位。今天也是，粉红的Ｔ恤衫配上浅藏青色的西装，穿着非常得体。门胁先生好像很担心似的坐在床的一侧，用湿毛巾敷着深町小姐的额头。一看到我来，深町小姐泪眼迷蒙地望着我说："好疼，帮我打针吧。"

"右脚尖疼。"

"右脚尖……"

我话说到一半停住了。右腿被截了肢,不是已经没有了吗?

门胁先生也表情奇怪地望着我。

"真的是右脚尖吗?"我确认道。

"是啊,赶紧快帮我止痛!"深町小姐催促道。

我感到有些毛骨悚然,赶紧跑回办公室,报告给正在整理病历的二番町大夫说:"病人说截掉的右脚感到疼痛呢!"

大夫听了我的话,一边奋笔疾书,一边微微笑着抬头道:"打一针镇静剂。"

我问:"足尖明明已经没有了,却感到疼痛。这是怎么回事呢?"

大夫回答说:"这是因为大腿被切断的神经延伸到足尖,实际上是切处的伤口疼痛,却会暂时产生足尖痛的错觉。这叫'幻肢',是截肢患者经常出现的症状。过个一两周就会自动消失,不需要特别担心。"

真是不可思议。

话说回来,门胁先生还会继续和深町小姐保持婚约吗?

虽然不关我什么事,但还是有点关心。

临近傍晚的时候,不知杂志社从哪儿听到了消息,频频往办公室打来电话,都是问深町小姐是不是截肢了。

这件事由护士长全权负责,所以电话都是护士长接的。

虽说瞒不了多久,但和主任大夫及有关人士商量后,好像决定现在仍然回答情况不明。

下午四点下班后回到宿舍,麻子那家伙还在睡。

从深夜十二点开始值的班,倒也说得过去。但即便是这样,她也睡得太多了。

我一换衣服,麻子就醒来了,一睁眼就开始滔滔不绝地说起来。

提起麻子说话的内容,还是一成不变的净是尾高大夫的事。好像当真陷进去了。

我告诫她说:"他对二番町大夫有好感,不行啦!"

她却道:"要不下回买两张音乐会的票试着把他约出来吧!"

虽然我认为她就算这么做也不会成功,但还真的很羡慕她有个能让她迷恋的人。

我也希望有个人能让我着迷。

二番町眉子的日记　　四月二十二日(星期六)　　晴

快起床的时候做了个梦,梦到一只白色的腿在空中飞。我追过去,那腿却被丝编的斗篷包裹着,不知随风飞到什么地方去了。

穿过田野,越过河流,好不容易抓到它了,却发现切口又脏又黑。

会做这个梦,是因为昨晚给深町丽子截肢的缘故吧。

那腿真是美。抓住脚踝的瞬间,膝盖就弯了下来,就像是在宣誓着对我的忠诚一样曲着膝。

> 就这样,你已成为我的奴仆。
> 关进玻璃的牢笼,
> 哪儿也逃脱不出。
> 你只能保持沉默,
> 不能怨恨,亦不能痛苦,

> 展现着你全部的白色肌肤,
>
> 永远做我爱的俘虏。

我脑海中浮现出这样的文字,就在阳台上以香颂(法语大众歌曲)的调子试着唱了唱。

还真能成曲。

话说回来,那腿被切除的瞬间,手上传来的重量感是多么的美妙啊!

锯子切落骨头最后一毫米时直接落到手上。我忘不了那一瞬间温柔令人怀念的质感。

那种快感只有身为外科医生才能体会得到。我大概就是为了了解被切落的肢体的重量才做了外科医生吧……

巡查深町丽子的病房时,她始终背着脸,反抗的表情很明显。

现在还要反抗吗?腿已经落到我的手里了。

即便如此还要抵抗,这点真是可爱。

未婚夫下午出现了,逼问我为什么没有得到本人的同意就截肢。我应该对她母亲说过恶性的情况下就要进行截肢的。而且如果非要等到本人同意那可就性命攸关了,更何况是征询未婚夫的意见呢。总而言之,没必要一一理会那些个磨人的小孩子。

未婚夫露出了伤心的表情。

可是男人嘛,现在别看还一脸温柔的样子,要是从一时的头脑发热中清醒过来的话,马上就会离开的。现在的探望也是为将来的离开做做样子吧。

你们之间那甜如蜜般的日子已经结束了。接下来等着你们的,就只有惩罚了。

太过于幸福的罪过,太过于美丽的罪过,拥有过分迷人肢体的罪过。

不错,你应该判重罪!处于仅次于死罪的终身监禁。

今后如果寂寞的话,就由我来安慰你,平静地看着你那丑陋的切口。明明只有我能爱抚你,却还来反抗我……

这点深町丽子很快就会明白了。

在此之前,不能让她自杀。

四

村形万里子的日记　　四月二十三日(星期天)　　万里无云

麻子那家伙今晚和尾高大夫约会。虽然没能去成音乐会,但听说先去新宿一起吃了晚饭,然后又去了一家柜台式酒吧。

十点半回来后,麻子面带羞怯地说了许多在一起时的开心事。

还说本来尾高大夫邀她再去一家的,因为太晚所以拒绝了。

两人的话题自然是围绕着医院的事,听说还是不可避免地提到了二番町大夫。

尾高大夫说:"人虽然美也挺有魅力的,但总觉得有点可怕。"虽然麻子以此推断尾高大夫不喜欢二番町大夫,但其实并不是这么回事。会感到可怕正说明了抱有一定的兴趣啊!

大夫确实有可怕之处,有些令人看不懂的地方。

但我就是被她所吸引了。

只顾骄傲地谈论着和尾高大夫之间约会的麻子可能有些太老实了。

我一边中途开始心不在焉地听着麻子说话,一边爬到地铺上去了。

话说回来,我可真是个傻瓜。天气这么好的一个周日,却上班上到了傍晚,看着电视就这么度过了一个晚上。

不赶快抓紧的话……

可是抓紧什么呢?怎样抓紧呢?

人啊,一辈子的目标是什么呢?

男人、女人……爱还是做爱呢?

手术后的第三天,深町小姐仍然对大夫进行着无言的反抗。大夫无论问什么深町小姐都不说话,而由她的母亲代为回答,就像为哑巴做翻译一样。

我理解醒来之后发现被截了肢的深町小姐会有多生气,但也差不多该停止反抗了吧。

因为不管怎么反抗,失去的腿也不会再回来了。

再说大夫也没有截错,这样做是不是有点任性了呢?

但不管深町小姐如何反抗,伤口还是一天天地好了起来,虽然还会出血,但左右的疏导管已经拿下了,肿也有些消了。

傍晚,深町小姐又抱怨"幻肢"。

"好痛啊,右脚尖!"

说完叫道:"康,救救我!"

我不怎么喜欢那种撒娇似的叫法。

二番町眉子的日记　　四月二十三日(星期天)　　万里无云

昨晚因为一个人看书看到很晚,今早睡了懒觉,直到八点钟才醒。

打开窗帘一看,是个美丽的大晴天。

昨晚读了马尔基德的施虐狂,真令人兴奋。一说到施虐狂,往往容易由性虐待狂一词想到它是什么变态的鼻祖。这种想法是错误的。

施虐狂有着窥视人性本质的眼睛。虽然可怕,但其中蕴含着真理。施虐之所以到了现代仍为许多人所认可,定是因为在其强烈之中有着不可动摇的窥探人类本质的视点。

话说回来,男孩的心脏能进入女性的那个地方吗?

当然,像那些夫人们那样用刀将其切成碎片的话,也不是不可能。可是把它插入后,那些肉片究竟会不会温热地抽动呢?

记得小时候,杀了一条从灌木丛中抓到的蛇,扒了它的皮,还取出了心脏。当时它那粉红色的心脏被放在石头上却还保持着不停地跳动。

我记得跳了十几分钟,不,跳了二三十分钟的样子。真是顽强的生命力啊。

如果按原意来理解休斯蒂努所说的话,那么用刀子切下的部分心脏也会同样继续跳动,而且那种悸动感会很舒服。

但是如果插入整个心脏也就算了,只取其中一部分的话是不可能的吧。

确实,心肌具有横纹络,又硬又有弹性,可能和男性的那个部位很接近。但是不管怎么说也不过是割取的一片肌肉。心脏的确会自己律动,但如果处于缺血状态的话就很难了。既然已经从身体上切离下来,那么由于血液流失,大概就不能继续律动了吧。

不,这种想法太过于理论化了。应该更直接地考虑,空想一下就好了。

像休斯蒂努那样将少年的心脏插入后,短时间内"或许"会动的。

会让人认为"或许"的地方,就是施虐小说的恐怖而精彩之处。

施虐小说的确和情节方面有些类似的恐怖小说不同,它真真切切地将隐藏在人类中、我们自身中的本质愿望抽取并展现出来。

破坏中才存在着真理。

所谓爱就是自私,就是独占,就是据为己有。

将其追根究底、纯粹化的话,就是从破坏到死亡。而最美的在于施虐的过程。

破坏才是美,死亡才是爱。

因为以前没读过这本书,所以我对施虐的偏见真是太深了。

深町丽子仍是沉默作战,可是伤口的恢复却很顺利。

那个女孩即便想反抗,身体也逐渐习惯了单腿的状态。即使大脑背叛,身体也是不会背叛的。

有人询问深町丽子的病情、截肢理由、今后的目标还有重返舞台的可能性。

我说今后的目标是三个月左右后能借助假肢在街上自由地行走。

至于能不能重返舞台我不是很清楚。我能说的仅仅是可以凭借假肢行走这件事。

过去有用单腿在舞台上表演的喜剧演员,还有像泽村田之助之类的歌舞伎演员。

但是古典芭蕾中有没有基本上不用动的角色呢?按常识来说的话,有点勉强吧。

我拒绝了他们要给深町丽子拍照的请求。

新闻界真是神经大条。

本人的悲伤不是靠他人各种各样的安慰来平复的。在一段时间内,让她尽可能地伤心吧。人最终是能从那个深渊中爬上来的,只要等待就行了。

笨拙的帮助只会延迟恢复。

五

村形万里子的日记　　四月二十七日(星期四)　　雨

虽然四月份已经快要结束了,还是略感寒意。报纸上说今年比往年低了五摄氏度,已经十年没有经历过这么冷的四月了。

今年的冬天比较温暖,春天却那么冷,总觉得气候和季节不一致。

是公害的原因吗?整个日本都一团糟。

三〇三号病房住进了一位名叫包坂的男性病人,三十五岁。听说一个月前在志贺高原滑雪的时候摔断了右腿,在私人医院接受了治疗,可病情并不见好转,于是就转到这个医院来了。

病历卡中的职业一栏写的是公司职员。高个头,忽然陷入沉思时的眼神非常温柔。虽然不爱说话,却是位感觉不错的病人。

主治医生当然是二番町大夫。今天只是照了X光片,进行了血液检查,还不知道要不要再次进行手术。

今天深町小姐的药线拆了一半。

刚做过手术的时候伤口像袖口那样带有棱角,但现在两端消瘦了些,微微带点圆弧状,也好好地结了疤。

尽管如此,顶端还是泛红,并稍微有些发肿。中间向上凸起,这种比喻可能有些不太恰当吧,但看起来确实就像是研磨棒一样。

"药线拆了一半了啊!"我说道。

"谢谢!"回答我的是站在旁边的母亲,深町小姐还是什么都没有说。

但是也不像那时那样痛哭、怄气之类的了,偷偷地抬起头来看了看伤口。并且脸上化了淡妆,还涂了口红。

看起来好像不用担心会自杀了。

话说回来,那么一个发狂似的哭叫着"我想死"的人,竟会照着镜子化妆……

人不论当时有多伤心,也会随着时间的流逝慢慢适应的吧。

看着深町小姐的样子,我感觉像是隐藏在人体内的坚韧都摆在了我的面前。

下午,三〇一号房的野泽病人要进行椎间盘手术。

结束后,我推着担架车到手术室去带回病人,可是却看到了意想不到的情景。

那当真是偶然。我看到了二番町大夫袒露着肌肤时的样子。

我到手术室去把病人抬上了担架车。不知道是不是由于当时刚开始从麻醉中醒来,病人出现小幅度颤抖的症状。

我在担架车上铺上报纸,又给躺在上面的患者盖上睡衣,可看起来还是非常冷的样子。我想再给他盖上点什么东西,就去找消毒布了。

不巧手术室里没有干净的,我就去了对面的灭菌室,但那里也没有。我想旁边隔了一间的女子更衣室里应该有吧,就自顾自地打开了房门。

那一瞬间，我的眼中映出了一具雪白的躯体。

对方转过脸来的同时，我不禁叫了声："啊！"

露着裸背的是二番町大夫。

我说了声"对不起"就慌慌张张地关上了门。没想到竟会在离门扇这么近的地方赤裸着身体！

无意中连门也没敲就闯了进去，真是做了件错事。

之后在办公室里见到了大夫，我又说了一遍"刚才真是失礼了"，可大夫只是像哼了声似的点点头，什么话也没有说。

还是生气了呀……总之，除了道歉别无他法。

话说回来，大夫的身体真是漂亮。虽然只有一瞬间，只见大夫正用毛巾擦拭着肚子周围，上身微微弯曲着。

柔软的溜肩膀，纤细的背，紧致的腰身，丰满的臀，再加上美腿以及匀称的体形，简直就像维纳斯裸体雕像一样美丽。

还有那惊人的白色肌肤。不知是不是手术后刚刚洗过澡，腰际周围有些泛红，这更凸显了她肌肤的白嫩。

哪位男士会拥有大夫那美丽的身体呢？那么白嫩柔软的肌肤，连我都想摸一摸。

可是在她的背上，我看到了奇怪的东西：几根红色的尖细的条纹。虽然只是一瞬间的事情，我也再没有看清楚，可那不会就是抓痕吧？但是没有理由在自己的背上留下那种抓痕啊！

这么说是别人做的吗？

不明白，大夫真的让人想不明白。

二番町眉子的日记　　四月二十七日（星期四）　　雨

早上开了暖气。虽说已经是四月底了，但还是那么冷，真少见。

地球进入降温期了吗？人类和大地都变冷,最终会是什么样子呢？所有生物都灭绝的地球上只剩我一个人活着的时候,会是一种什么心情呢？

一边想一边喝着咖啡。闻着那让人感觉过于安稳的咖啡香,我突然感觉想笑。

深町丽子拆药线及伤口的治疗过程都基本顺利。

仍是不说话。

但是脸上显出了想要说话的表情。从目前的情形来看,还是不能让她的态度突然软化下来吗？

话说回来,偷看伤口时那不安的眼神真是漂亮。

早点把她治好,把她勾引到手吧……

下午手术后洗了个澡。正擦拭身体的时候,村形护士突然闯了进来。

虽说是女人,但不敲门就直接进入女子更衣室,看见了人家的身体也太……

她的眼睛的的确确看到了。怎么惩罚她呢？可怕的惩罚,还是宽松点的惩罚呢？

晚上,金泽的母亲打来了电话。

说继父因胃溃疡住院,希望我抽空去看望一下。

既然因为纵情女色而把身体给搞坏了,却还想让我去探望,母亲人也太老实了。

那是女人的天性吗？那样的话真是太可怜了。

但是与母亲的可怜之处不同,继父其实也挺可怜的。

还要顾虑虽说曾经爱过,但现在已经没有感觉的母亲,偷偷摸摸地和别的女人交往。

即使有钱有地位,那种不自由还是挺值得同情的。

双方都是一夫一妻制度的牺牲品。因为这个制度而互相伤害,互相折磨,却又不对这个制度本身抱有丝毫的怀疑。

奇怪。

话虽如此,但是与以前那个吊儿郎当的生父分开,与现在的继父在一起,是母亲在这个世上所做的唯一高明的决定。

可我不会忘记为此所受的屈辱。生父、继父,男人们全都是一路货色,都会让我感到痛苦。

但是虽说如此,继父还是养大了我。从上女子中学开始一下子富裕起来的生活也全是继父的功劳。养恩总比生恩大。

当初爱着母亲,随后又对他逐渐长大的没有血缘联系的养女产生了兴趣。

不仅如此,还对我每天带回家的那些女性朋友表现出了一副兴趣浓厚的样子。

那个向我提出禽兽不如的要求的继父现在老了,因为胃溃疡而卧床不起。真是滑稽。

村形万里子的日记　　四月三十日(星期天)　　阴

因为受了丝原师姐的拜托,所以又要在星期天上白班。

今年已经是第五次周日出勤了,而麻子才只有三回。我认为有点过分,于是昨天找护士长抱怨了一下,可护士长却说这只是按照排班顺序来的,并没有什么差别待遇。

在这里待了一年时间,大家终于可以一样平起平坐了,但我总感觉像是被人巧妙地拉拢进了这个集体。

中午帮忙送饭的时候去了三〇三室匀坂先生的病房,他的太太和女儿都在。

她太太只有二十七八岁,身材娇小,穿着和服,是个彬彬有礼的人。女儿四岁左右吧,头上别着发卡,穿着白色的连衣裙,系着一条圆形的腰带,非常可爱。

"这是我太太,这是一直照顾我的村形护士。"匀坂先生介绍道。

她太太礼貌地寒暄道:"我先生承蒙您的照顾了。"我也回了礼,但是见到他太太和女儿后对匀坂先生的印象却产生了转变。

因为结了婚,当然会有老婆有孩子,但是一旦见过面,不知为什么总觉得有点扫兴。

说来有些奇怪,送饭的时候给他拿到病房去了,可见过他太太之后,就怎么也不想去病房把餐具拿回来。

"谢谢招待!"他太太把餐具给送了回来,我却只是沉默地接下了。

摆出这么一副态度,难道是因为我对匀坂先生产生了好感吗?

可那样的人也实在是太讨厌了!

表面摆出一副寂寞的样子,却有那么漂亮的太太。

真是狡猾……

二番町大夫可能也是因为讨厌男人这个样子才选择单身的吧。

我要不也像二番町大夫那样一直单身吧……

二番町眉子的日记　　四月三十日（星期天）　　阴

上午集中洗了一下内衣。

虽然已经是春天了，房间里还是冬天时的样子。因为厚重的窗帘看起来感觉郁闷，下午就去了银座的商场。

卸下了一直挂着的一套藏青色窗帘，玄关和厨房里遮挡外人视线的装饰也全都换成了绿底印花式样的，还给朝北的那扇用于采光的小窗户装上了红白相间的方格花窗帘。

这种窗帘带有些少女情趣，只换了这两处，房间中就突然有了春的气息。

傍晚约品子出来吃了晚饭。

去了六根木的中式餐厅"香兰"。

她说她爸妈都在家所以要早点回去，可我还是硬把她拉到了公寓。

她嘴里说着为难，实际上却想来。

边喝白兰地边听唱片，但品子好像对古典音乐不怎么感兴趣。

放上她所喜欢的流行音乐的唱片，轻轻地抱住了她。品子一副等不及的样子，把身体凑了过来。

第三次开始就大胆起来了。我敞开外套，抚摸她的乳房。

品子一声不响地闭着眼睛。看着她那如痴如醉的表情，我突然想要对她施虐，让她坠入地狱的深渊。

就像以往一样，品子的淫乱中一点也看不到良家女孩的拘谨。

忘记了她那淫乱的样子已经全都被我看到过的事，过了十一点，品子匆匆忙忙地穿上衣服回家去了。

品子并没有什么魅力，身体也不算结实，但是想到她那在一流银行中担任要职、整日装腔作势的父母的脸，结果连自己也开始兴奋起来。

今晚叔叔婶婶在毫不知情的情况下迎接品子回家,而品子也会若无其事地说声"我回来了",但实际上脖子一定是缩着的。

狡猾的家伙!

剩下我一个人的时候,往金泽的家里打了个电话。

母亲接的,说继父昨天住院了。

听说还没有决定要不要进行手术。母亲还是担心着:"进行手术不要紧吧?"

母亲之所以会怕父亲,是不是因为自己淫乱的样子已经全都被父亲看到了呢?

村形万里子的日记　　　五月三日(宪法纪念日)　　雨

连休中间下起雨来,但对于哪儿也没去的我来说,反倒是件痛快事。

今天麻子也老老实实地待在房间里。

下午两人边吃点心边看电视的时候谈到了二番町大夫。

麻子从其他大夫那里听说二番町大夫的老家好像在金泽,有一大片山林,是个不得了的大富豪。

那山从石川县一直延伸到富山县,他父亲就往返于当地和事务所之间。

三年前在金泽召开学会的时候,千叶大夫和井川大夫他们游览了半岛。当时二番町大夫的父亲介绍了一家一流宾馆,请他们免费住了超豪华间。

但是二番町大夫从没和我们说过她老家及父母的事。

"所以下次去能登的时候,拜托大夫免了我们的住宿费吧!"

虽然精明的麻子这么说了,可是大夫会给我们也提供这种待遇吗?

且不说这些,我以前只认为大夫会是哪个小康之家的女儿,倒是不知道竟会是这么大富大贵人家的千金。

可能大夫的温柔高雅正是这种良好出身的自然流露。

正说这话的时候,医院打电话过来了。一接电话才知道原来医院里送来了交通事故的紧急患者,所以要我们去帮忙。

我虽抱怨说难得才能休假,但待在房间也没什么重要的事。不情愿地来到医院一看,是井川大夫当班,来了五名急诊病人,井川大夫正在孤军奋战。

听说在医院前面百米的十字路口处发生了一场车辆正面相撞的交通事故,有两名患者脸部和头部出血,而且貌似足部骨折动也动不了,另外两名患者好像腰部、腕部骨折了,还有一位女患者失去了意识,面色苍白。

给这些患者打上点滴、吸入氧气后,又为骨折患者进行了手术。做完两个手术,再处理完其他病患,全部结束时已经过了晚上九点了。

虽然难得的假期就变成了这样,但作为今天特殊情况的补偿,我和麻子这个月能获得休假。

晚上读了女性周刊。

上面有关于深町小姐的报道。

报道上写着"悲剧的白天鹅"。二番町大夫"生命不能替代,不得不截肢"的谈话也刊登在上面。

未婚夫门胁先生那张沉痛的脸给我留下了深刻的印象。

第二章 诱惑

一

　　二番町眉子的日记　　五月三日（星期三）　　雨

　　十点钟在雨中醒来。昨晚两点钟睡下的时候还没有雨,可能是从黎明时开始下的吧。

　　就这么穿着睡衣走到阳台上去把花盆拿了进来。极乐鸟花紫色的花瓣得到雨水的滋润,反倒更加鲜艳了,可红色的安祖花却微微褪了色。

　　褪了色的红看着就让人不舒服。

　　因为是连休中间,所以眼下的街道在雨中静悄悄的。

　　对于想要外出的人来说这雨可能十分讨厌,但对我来说,这雨却很舒服。一到休假不出趟门就不安心的人怎么那么多呢? 真是俗!

　　关上阳台的门又回到床上。边听雨声边打瞌睡真是舒服。这要是在平时的话就更好了,我喜欢享受大家都在工作时独自贪眠的喜悦。

下午一点钟的时候又醒来了。雨稍微小了些,西边的天空微微发着亮光。

下午三点钟时,村濑有希子打来了电话,说她家先生昨晚开始住在了箱根,去那里打高尔夫球,剩下她一个人在家很无聊。

只有无聊的时候才会想到打电话来,这人还真是自私任性。

听有希子说,她先生好像有了外心。对方貌似是她先生工作的那家出版社的一个年轻科员。只因有希子开了诊所挣钱,丈夫反倒偷懒了吧。

那男人是不是从一开始就把有希子看成摇钱树而和她结婚的呢?有希子又矮又胖,还邋里邋遢的,除了是个女医生之外一无是处。但是有希子好像没有注意到这一点,只是猜疑。真是够丢脸的。

要是猜疑男人的话,那还不如从一开始就不要迷上男人。曾经那么着迷,张嘴闭嘴全是丈夫的事,现在丈夫变了心就开始发起牢骚来。

男人本来就是这样的。有希子现在正品尝着由服侍那个愚蠢的男人所带来的惩罚,会有这种结果是理所当然的。

诸如此类的例子可谓数不胜数。究竟是幸运还是不幸呢?作为典范可以参照一下母亲和继父的关系。有希子难道不明白吗?不只局限于学问,无知就要受到惩罚。

忙忙碌碌地工作,成果却不断被丈夫浪费掉了。说不定有希子就是为工作而生的女人。

在医学部时代那么优秀的有希子一旦迷上男人之后就变得如此狼狈。

女性如果有了男人的话就全完了,转眼间就不再是人类,而只不过是按照男人的意思工作的一个动物而已。眼下的有希子正是这样。男人一变心就又哭又闹的有希子已经没有了过去的自立精神,有的只是被男人驯服的肉欲、低劣的嫉妒和憎恨。

无论会有多么快乐、多么安定,我也不愿成为男人的奴隶。没有比为了肉体的欢愉而去品尝禁果更加愚蠢的事情了。

有希子说想来玩,我以要外出为理由拒绝了。

我和对男人痴狂的女人没什么好说的。

晚上母亲打来了电话,说希望我利用这四五天的连休回去一趟。她好像想把身为大夫的我叫回去商量一下继父的情况。

让那边的大夫诊断一下没什么问题的,我就是去了也没什么用。可她却说继父也等着我回去呢。

不知道是真的还是假的。是继父借病想要再次接近我吗?可是以他现在的身体,大概是不能像以前那样对我施以暴力了。

晚上,"萨福"的老板娘打来电话说店里休息挺无聊的。

于是当晚和老板娘还有朋友们聚在一起打麻将,赢了六万块。

村形万里子的日记　　五月八日(星期一)　　阴

连休结束了,我反倒松了一口气。假期持续了那么长时间,可却没有真真切切玩过的感觉,反倒觉得静不下心来。

每当看到报纸上说有多少万人外出的时候,就像自己一个人被甩在后面似的干着急。

麻子昨晚又和尾高大夫约会去了。可能像麻子那样不顾一切地蛮干也挺有效的,可我却做不来。

不能着急,我才二十三岁。

只要清清白白、态度端正地等下去，一定会有好的人选出现的。就算不是什么白马王子，也一定会是一个温柔、诚实的男人。我应该这么相信着。

虽然不想听麻子那些炫耀的话，但终归还是听了。照麻子的说法，尾高大夫是喜欢上她了。可按照在医院里的情形来看，却不是这么回事。

今天早上主任医师巡查病房的时候，尾高大夫看似是在听主任说话，可眼睛却不时地偷看二番町大夫的方向。尾高大夫真正喜欢的，还是二番町大夫吧。

麻子很快就要伤心了。

可是已经告诫过她一次，就没有必要再说了。

没有必要破坏她好不容易做的美梦。而且说实话，我期待着美梦破灭的那一天。且不说和二番町大夫交往会怎么样，要尾高大夫和麻子在一起，想起来就觉得遗憾。

如今的二番町大夫比平时都要有活力，看起来充满朝气。

我问她："您连休时去哪里玩了？"

大夫说："去了趟金泽。"

据说去的理由是因为有点感兴趣。因为有点感兴趣就能去趟金泽，大夫可真让人羡慕。

话说回来，二番町大夫连回家见到父母也会变得那么有活力吗？回到大房子里见到美丽的母亲和父亲，会说些什么呢？大夫到底也还是为人子女的人呀！

二番町眉子的日记　　五月八日（星期一）　　阴

昨晚很晚才从金泽回来，倒头就睡下了。地图上明明那么近，可是就连坐飞机去金泽也还是这么不方便。

醒来已经七点半了。匆匆忙忙打扮了一下就出了门,总算赶上了主任巡查病房。

隔了三年回到家乡还是感到挺疲倦的,可是心情很爽。

上个月末实在受不了母亲的劝说(实则近似于哀求),六号白天从东京出发,七号晚上返京。虽然仅在那里待了一天,却好像去了趟别的世界似的。

隔了两年后又见母亲,她的面颊陷下,眼角周围新添了皱纹,感觉稍稍老了些。但是已经上了五十岁,会这样也是理所当然的。

听了母亲的恳求,我去了继父所在的大学附属医院。他住在外科楼的特等病房。

继父躺在房间的一个角落,沐浴着柔和的阳光正在小睡。听到动静后立刻睁开了眼睛。

"哦"地说了声,颇为怀念地抬头望着我。

"来看我了呢。孩子他妈,快搬椅子……"说着坐了起来。

他比母亲大一旬,已经六十二岁了。但是继父看起来比实际年龄明显要老得多。

"是啊,我来了……"我冲他笑了笑,但声音却冷淡而空洞。

继父没有过去那体重一百四十多斤时精力充沛的样子了,现在一副瘦骨嶙峋的模样。

这种憔悴是不正常的。到底是不是只因为胃溃疡啊?

我想起了那家医院有个认识的竹岛医生,通过他了解了一下继父的病情。虽然只和他通过电话,但是据说和我先前想的一样,疑似为幽门癌。

虽然只照过 X 光片和胃镜,但是根据临床一般症状来看,好像胃癌的可能性很大。

继父说:"这次出院之后要去东京看看。"但如果是癌症的话已经来不了了。"身体还好吗?还没有喜欢的人吗?"他说道,让人感到不寻常的亲近。

以前称呼母亲的时候也是说"喂"的,而现在却叫"孩子他妈",就像撒娇一样。他的温柔使母亲安下心来,大概说得上是感动得热泪盈眶了,心情雀跃地遵循着他的意思帮他擦身子、揉脚。

男人已经看不出过去那放荡不羁、沉迷于玩乐时的样子,女人当时为此痛哭流泪的记忆也模糊了吧。两人把彼此的过去全都忘记了吗?

听着两人的对话就像看一出双簧戏似的。疾病是拉近分离的男女彼此间距离的有效手段吗?

由衰老和疾病唤回曾经的安稳,真是太可悲了。母亲错把它当成爱,也是糊涂。

得病之后继父终于回到了母亲的身边。而母亲则相信他必然会回来,并且因为这个心愿的达成而打心眼儿里高兴。

所谓刻骨铭心的黄昏爱,追根究底,也就是一对不再重视彼此的男女无可奈何地靠到一起来的可怜相。被它感动的也就是周围那些单纯的伤感主义者了。

话说回来,母亲是多么健忘而又纯良的女人啊!可能就是因为人好,所以虽然带着孩子也仍被继父看上,从此进入了名门。但如果为了得到那些东西而容忍至今的话,也真是太悲哀了。

继父伸出他那枯瘦而布满皱纹和黄斑的手想要握住我的手。

我一将手放到他的手上,继父就双手握住,不住地抚摸着说道:"多漂亮的手,多美的手啊!"而母亲的眼神则仿佛是在欣赏着一幅父慈子孝的图画似的盯着我们看。

我忘不了十六岁那年,继父也是这样做着,然后突然变成了野兽。

那时母亲像疯了似的尖声叫着:"你饶了女儿吧!"跪倒在继父面前。那时如母鸡一样的强悍消失到哪里去了呢?

那时母亲应该已经知道我被侵犯的事情了。

无论继父怎么装糊涂,我的身体上留有回忆。

继父用双手反剪着我的双臂,夺去了我的清白。我忘不了那个瞬间。那与爱抚不同,只是单纯的掠夺。那种像是被蛇缠住一样可怕的触感,到现在都还残留在我的身体上。

男人都是那样的。

我的性冷淡就是从那时开始的。

继父对我温柔得有些怪异的真正意图就是掠夺我的身体。

愚蠢而厚颜无耻的继父!不,那不是继父,那无疑只是一个男人。

现在眯着眼睛抚摸着继女手腕的男人,心满意足地盯着这个场景看的女人,这一男一女之间存在些什么呢?因为存在着些什么,所以现在的状态就能称之为平稳幸福吗?

侵犯了母女两个人,能有什么和睦可言呢?

有的至多只是身体和身体的结合。难道只要有这个,就能原谅一切,忘记一切吗?

我要是男人的话,绝不会这么做。不会像继父一样变成野兽的。我要保持坚毅和冷静。我要成为清醒冷淡的大人物。

就像现在对品子那样……

但是现在已经没有必要再责怪母亲和继父了,反正两人之间也长不了。看那憔悴的样子也知道,癌细胞已经在腹腔内急剧扩散了。这是最后的垂死挣扎。

话说回来,继父以前的那些女人现在怎么样了呢?

趁继父还活着,大家能不能聚到一起来呢?母亲作为司仪,而那些女人们则都各自说说对继父的回忆,这也挺有趣的。

对于曾做过的事情,有的女人会夸大其词,而有的女人则会轻描淡写。

继父和女人的相处方式实际上各不相同吧,但那一瞬间一定都是一样的。那时对于彼此来说都变成了野兽,所以相互交谈的内容应该也都是一样的。

晚上和母亲并排着睡在一起。以前继父在外面留宿的时候都是这样睡的。

我留有这样的记忆,可母亲好像已经忘记了。不仅如此,还脱口而出:"等你父亲出了院,我想要不和他一起去国外旅行一下什么的。"

母亲到底老实到什么程度呢?不,还是应该说贪婪呢?还要从衰老的继父那里享受到什么东西吗?

现在不正应该抛弃继父,追求别的男人吗?虽说老了,但是像母亲那样的美貌,应该还是可以的。却还想着和将死的男人一起去旅行的事,她考虑事情是多么的狭隘啊!

看着母亲那表情过于幼稚的脸庞,我终究没能说出极有可能是癌症的事。

金泽七号下了雨,可晚上的羽田倒是个大晴天。

昨晚之所以睡得那么熟,是因为看厌了母亲和继父两人的双簧戏,感到疲倦了吧。

黎明时梦到继父死了,母亲哭泣着,而我异常兴奋。梦中分不清是在东京还是在金泽。

梦见死亡所以神清气爽吗?还是因为见到母亲和继父所以放心了?抑或是继父的死使我的心平静下来了呢?

村形万里子的日记　　　五月十三日(星期六)　　　阴转雨

今天发生了件不得了的事。简直令人难以置信。一对我说我就呆住了,过了一会儿才慌慌张张地回了话。

下午我值班,要上到四点钟。三点左右,二番町大夫忽然出现在办公室,开始看起了她主治病人的病历卡。

本来当班的是我、美智子和成田护士三个人,好像看准了她们两个因病房呼叫离开的空当(之后想了想,我是可以这么认为的),二番町大夫若无其事地问了句:

"你今晚有空吗?"

因为大夫一边在病历卡上写字一边说话,有一瞬间我把它当成了自言自语或是在对别人说话。但是办公室里只有我一个人。

"说你呢。"这么一说,我才意识到原来是在和我说话。

"是的。"我慌忙答道。

"那么,到我家来玩吧。"大夫说。

因为太突然了,我吃了一惊。

没想到大夫竟会自己说出邀请人的话……

麻子和大夫待了将近一年,也没有受到过大夫的邀请。美智子和安井也是一样。大家都想被大夫邀请一回,可至今为止一次都没有过。

但是我竟被邀请了,而且是去大夫家里。

"我去可以吗?"

因为我这个人比较笨,所以感情会一下子都表现在脸上。打个比方来说,就像饿狗一样,一喂就冲上去。

"那六点钟一块儿吃个晚饭吧?"

"真的可以吗?"

"可以呀,怎么这么问?"

"可是……"

"我们负责同样的病房,而你一直以来都很努力。我一直想请你吃顿饭的。"

"谢谢。"

"那六点钟在六根木的咖啡店碰面吧。你知道吧?"

"是紫莞吧?"

大夫轻轻地点了点头,好像要事了结了一样,把病历卡放回架子上,走出了办公室。

二

二番町眉子的日记　　五月十三日(星期六)　　小雨

今天应该是村形万里子值班。

村形万里子的日记　　五月十四日(星期天)　　雨

我昨天日记写了一半就停笔了。写到二番町大夫在办公室约我吃饭就停住了。

为什么不写下去呢……

因为晚上时间太晚了?不,这不是理由。虽然日期写的是十三号,但实际上是十四号星期天凌晨写的。

说实话,是因为往下实在写不下去了。已经写到那里,再往下写的话,有点恐怖。

但我认为还是必须得好好记下来。因为日记是我自身的一种记录。

凌晨的时候,我一边写一边不安地想:要是将来被别人看到就糟了,但这种事并不应该害怕。

至少,我必须要忠诚地把日记记下来。我一定要勇敢地把这件事情写出来。

星期六下午六点,我如约去了大夫所说的六根木的咖啡店"紫莞"。不,应该比六点早十分钟。

我和男人在咖啡店约会时,就算有时间也要迟到个五分钟十分钟再去。但是说起约会,到目前为止也就和武井先生、村木先生见过两三次面。而且也不是谈什么喜不喜欢的问题,只是商量一些登山前的事宜啦,还有去打保龄球之前的碰面之类的。

这种时候也是女士比男士稍晚些到比较好。我讨厌女士先去了等在那里。

可是与二番町大夫的话,是女士和女士,我又比她小,而且对方还是大夫,所以早去个五六分钟反倒理所当然。

大夫六点十分到了"紫莞"。

因为下雨,所以大夫穿着雪白的雨衣。这种穿着还是很出色。大夫一出现在咖啡店门口,店内像鲜花盛开似的变得亮堂起来。

连坐在我附近的那对情侣中的男伴见到大夫都一副痴迷的表情,所以大夫一定是非常醒目。

在大家兴趣浓厚的注目中,大夫笔直地走向了我的位子,说了声"对不起,我迟到了",就坐到了对面的位子上。

大家一定认为是和男士约会。如果对方是一个平凡的女性的话,可能会感到失望吧。有人露出了一副"什么呀"的表情。但因为对方是女性,应该也会有人放下心来的。

我只是和大夫面对面地坐着,心情就难以平静下来。在医院身穿白衣的时候,明明不会这样的……

我真是太奇怪了,就像好不容易见到热恋的对象一样,惴惴不安地静不下来。

"下雨了呢。肚子饿了吧,吃点东西吧!"

"呃,我……"

"那先稍微喝点酒吧。"

"不……"

我们之间的对话就是这个样子。工作结束后应该肚子饿的,可我表现得却像个傻瓜一样。

女招待端来了柠檬茶,大夫只喝了一口就站起来道:"我们走吧。"

之后,我们从十字路口往赤坂方向走了一百米左右,进了一家名为"松浦"的烤肉店。

说实话,我是第一次在这么高级的烤肉店里吃饭。

这家店外形很别致,但是里面很威严,氛围挺宁静的,俊男美女们正慢条斯理地享用着美食。大夫好像来过几次,一副轻车熟路的样子,笑着和帮我们脱掉外套的男侍者说话。

店里有几张铺着铁板的桌子,客人们坐在自己挑选的位子上用餐。

我原以为烤肉就是牛肉,但是那家店里也有虾、鲍鱼之类的海鲜,把它们蘸上喜欢的作料后享用,那味道真是太美妙了。

虽然说过肚子不饿之类的话,但是因为实在好吃,小块炸牛排和鲍鱼还是让我大快朵颐。

大夫还叫了白兰地。我说不要,仍是给我倒上了,所以我也喝了两杯。

这两杯酒让我酒兴高了起来。

大夫一句也没提医院和病人的事,基本上都是在询问我的情况。

我的家乡在静冈县的天龙、父亲在镇上的办事处工作、家里有两个女孩一个男孩而我是长女、高中毕业后进了高等护士培训班、去年毕业今年二十三岁、没有早就定好的恋人等等,我老老实实地回答了被问到的问题。

实际上我也想知道大夫的私生活,但是总觉得问她有所顾忌。

饭后我们吃过奶油草莓甜点后出了店门。

这顿饭到底花了多少钱呢?听说一流餐厅的烤肉是很贵的,而且大夫还喝了两杯白兰地,我想一定花了不少钱。

走出店门,外面还在下雨。

"来,这次我们去一个稍微清静点的地方。"

大夫说着,在赤坂方向的坡道中途向右拐,去了那儿的一家柜台式酒吧。

那儿大夫好像也很熟,从调酒师到柜台上的客人都一一打过招呼。回应着人们寒暄的大夫就好像女王一样。

在那家店里,大夫也问了好多关于我的事情。不知是不是因为大夫提问很在行,现在想起来,觉得好像只有我一个人在讲话,而大夫基本上就是个聆听的角色。

大夫在此特别询问了我的恋爱经历。

我连有一次被医院检查室的冈田大夫约去酒吧喝酒,之后被强吻,还差点被带去奇奇怪怪旅馆的事都说了出来。

大夫沉默地听着,中途问道:"那,最后没事吧?"

"当然,就那么逃回家去了。"

"那你还是个处女喽?"

"是啊。"我答道。

"真是这样的吧?"大夫追问道。

我绝不会说谎。

于是说:"是真的。"

大夫说了声:"是嘛。"点了点头。

目不转睛地盯着我看了半天后,断言道:

"男人都是愚蠢的,这世上根本就没有理想的男人存在。"

我虽然点头同意了,但并不觉得就是那样的。

不是没有,而是还没有碰上吧……

之后记得又被大夫劝着喝了两杯白兰地。

不知是四周豪华酒吧的氛围呢,还是二番町大夫高明的劝酒方法,比起在宿舍和麻子喝酒那次,我感觉醉意来得快些。

出了酒吧已经是晚上九点多了。我想着差不多是时候告辞了,大夫却邀请道:"再去一家吧!"这么一来,刚刚想回家的心情也不知跑去了哪儿,转眼也变得想要跟着大夫去了。

雨变小了,可周六夜间的街道被烟雨笼罩着,反而有了几分情趣。

到第三家时我已经不知道自己是被带往什么方向了。走过狭窄的小路,穿过亮得耀眼的大厦,在前面百米左右的转弯处有一幢白色的大楼。

明明是晚上,那幢大楼怎么会看起来这么白呢?那家店在地下一层。

那酒吧叫什么名字来着?是个似曾听过又好像没听说过的名字。总之店的感觉很奇怪。

进去后右手边是吧台,里面有三个包厢,酒吧整体有种苍白的感觉,氛围挺诡异的。

大夫对这里好像也很熟,和调酒师及两三个客人打了招呼。

这里和之前的店不同,女性顾客占了绝大多数。就连吧台里的调酒师虽然穿着西装,但仔细一看也是女的。

我和之前一样喝了大夫点的白兰地。在此期间感觉调酒师和客人们时不时地盯着我的方向看。

为什么大家要这么盯着我看呢?我感到不可思议。但是大夫好像对这种眼神一点也不在意。

在这家店里,我完全喝醉了。

虽然又在这里喝了白兰地,但醉意之所以来得这么快,主要还是因为店里那种说不出的暧昧气氛,以及和二番町大夫连续几个小时的相处,我消除了最初的紧张感。

出了酒吧,我全身力气像被抽走了一样,没了依靠感,感觉就像在云上行走。

大夫把手轻轻搭在我的背上,扶我坐上了出租车。

"醉了吗?"

"有……点。"

大夫的脸忽然出现在了我的耳边,从那里飘来了一股难以名状的让人感到舒服的香气。

我就这样一直靠在大夫的肩膀上，有点想睡了。

"去哪里呀？"我问道。

大夫回答："去荻洼啊。"

刚开始我只是模模糊糊地听到大夫这么说，随后想到荻洼不就是大夫公寓所在的地方吗？

我慌忙道："那个，我回去了。"

可是大夫用她那柔软的手轻轻地碰触着我的头发。

不知是怎么回事，我虽然说了"我回去了"，却像被打了麻醉一样变得老老实实的，一言不发地靠着大夫的肩膀打起了瞌睡。

我不记得下了车之后是怎么上楼的。总之，回过神的时候，已经被仰放在了柔软的大床上。

床边那盏一人高的立式红色床头灯正放射出柔和的灯光照射着四周。

我预感再这么下去会有什么不得了的事情发生，心里想着得赶紧整好衣服回家，可不知为什么，身体就像被绑住了一样，动弹不得。

意识上是想动的，但就像是别人的身体一样不听指挥。再加上那诱人倦意的音乐和温柔的触感将人紧紧抓住，我根本就脱不开身。

现在回想起来，我一定是在那音乐声中被慢慢脱掉衣服的。真是一想到就羞愧得喘不上气来。

等回过神儿来，大夫已经解开了我胸前的衣服，正在爱抚我的乳头。

我心里清楚正有人对自己做着非常羞人的事情。

残留的意识也让我认识到这是不该有的举动。

可是我的身体却丝毫不进行抵抗。不,非但如此,还有越来越接受这种行为的迹象。

这是怎么了?

想起来真的觉得自己很可怕。

可是当时却没有任何可怕的感觉。

再次恢复意识的时候,我已经被脱得全裸了。内衣内裤什么也没穿,就像刚出生的婴儿一样赤裸着。

到底是怎么一回事?现在我什么也不能思考。为什么会做那么羞人的事情呢?一想起来就因为羞愧血往上涌,全身都变得热腾腾的。

我的身体上清晰地残留着对二番町大夫的记忆。那时大夫也确实是全裸着的,身上不着一缕。

我们做了什么呀!

确切地说,我被做了什么呀!虽说这是令人头都抬不起来的羞耻的回忆,但是身体的某个部位为什么直到现在都还留有快感呢?

难道说,我是个非常淫荡的女人吗……

二番町眉子的日记　　　五月十四日(星期天)　　雨

周六周日连续下了两天的雨。雨中的周末倒还不错。

今天早上,村形万里子很早就回去了。

不知是因为一夜的羞耻还是因为吃惊,基本上没有说话。真像一朵枯萎的花。可是另一方面,就像对自己那被唤醒的感觉手忙脚乱一样,一副完全控制不了事态发展的样子。

看着她一夜醒来发现自己没有容身之处的模样也很有意思。

话虽如此,昨夜还是按计划进展的。

瞄准的女人,就应该那样处置。这种快感是唐璜的喜悦吗?这种喜悦可不能让男人们独占。

话说回来,万里子的身体可真是个意外的收获。确实是处女,但是感觉很好。

把她脱得一丝不挂,不停地爱抚及亲吻的场面,我想那个女孩应该记得一清二楚,但她趁着酒意装作没有发觉。反抗了一会儿,但也不过是做做样子。她的一切都惹人疼爱。

身体虽说不上十分健壮,但也有些结实。皮肤倒是出人意料的白皙。乳房的大小属正常,而乳头和乳晕都还没有发育。

被我爱抚时轻微地发出了强忍哭泣的声音。

比田井品子节制。

这是第一次引诱护士。由于她们在学校和医院里了解了生理构造,一旦超越了某种限度必然会变得大胆起来。

只是因此让她误会我们之间关系的话就麻烦了。

无论如何我只是个冷静的观察者、爱的领导者、快感的启发者,而且在医院我是医生,她是护士。

怎样划清那个界限呢?女人往往会对这种事情产生错觉。

看着那些男医生和发生了关系的护士间相互痴痴迷迷的样子就不痛快。我是不会让她有那种态度的!

酒吧"萨福"里的同伴们频繁地看向万里子,不知她们对我的新猎物、新奴仆的评价如何。

明天去问问她们的感想。

作为猎人,我对今天的猎物很满意。

下午开始下起小雨来。听了巴赫的"弥撒曲"。

三

　　村形万里子的日记　　五月十九日（星期五）　　晴

　　我到底是怎么了？这一周光想着那件事。

　　那件事……

　　给二番町大夫看见了羞人的样子。不，与其说是给她看，不如说是她唆使我给她看的。不管怎样，那时的事情就算现在回想起来，也会令人瑟缩不安。

　　女人和女人，而且对方是大夫。

　　真羞人……

　　可我的脑袋到底是怎么了？做了这么丢脸的事情，现在却还在想个没完。一有点空，那晚的记忆就会立刻袭来。

　　奇怪的不只是脑袋，身体也还像是在云端软软地飘浮着一样。身心全都被那件事情困住了。

　　从那之后，我的眼睛一直追随着二番町大夫。早上大夫出现在办公室时会是什么表情呢？一起巡查病房，走廊上只剩下我们两个人的时候会对我说些什么呢？傍晚要回去时能见到她吗？

　　可是二番町大夫的态度没有丝毫改变。

　　和以前一样，医生和护士之间的关系一点儿没变。

　　两人已经做了那样的事，大夫为什么还能心平气和呢？

　　真是不可思议。

　　护士们、医生们、病人们，没有人知道我和二番町大夫之间发生了那种关系。只要我不说，大夫不说，那一夜将会作为永远的秘密被保存起来。

　　是不是因为是谁也不知道的秘密，所以使我更加兴奋了呢？

话说回来,那时大夫的皮肤是多么柔软光滑啊!虽然由于酒醉和台灯光线的缘故,我只留有肤色整体看起来微红的印象,但是接触肌肤时的触感我还清楚地记得。

没错,大夫抓着我的手,把它从自己美丽的乳房引至下腹,甚至到了那个地方。我的手的确碰触了大夫的乳房和那羞人的部位了。

不行!一想到这些,我的脑袋又开始奇怪了。这种精神状态持续下去的话,不久就可能会在工作上出现大失误的。

应该忘记!不赶紧忘掉,恢复正常的话……

可是大夫已经不会再约我了吗?那晚已经过去一个星期了,可是一次都没开口和我说过私人的事。即使说话,聊的也都是患者。

那晚分开时,大夫应该对我说了声"再会",我千真万确听到了的。可是现在却对我不闻不问。

大夫生气了吗?

可当时我也没有办法。因为喝醉了酒不能掌控自己的神智,再加上一股难以忍耐的冲动袭上心头……

大夫对我做了什么事,到现在我还是一无所知。话虽如此,但是所谓的愉悦指的就是那种感觉吗?

我很害怕。

就像被随意丢到了未知的世界里去。未知的世界固然可怕,但更可怕的是一个人像木偶似的被丢到那里,无人问津。

现在只能拼命等待着大夫的声音。一整天只能考虑大夫的事情,这说明我已经成为大夫的奴隶了吗?

总之,今天只想写关于大夫的事。

二番町眉子的日记　　五月十九日（星期五）　　晴

本周是深町丽子截肢后的第四周。

手术伤口已经完全愈合，切割顶端有肌肉萎缩的现象，整体看起来恢复过程良好。

预计下周开始进行腿部复健。

下午去深町丽子的病房通知她这件事。

她无精打采，脸也怎么不丰润了，感觉稍微瘦了些。因为五官端正容貌姣好，所以憔悴也显得更为醒目。身体状况良好的情况下，只能从精神方面的理由来考虑。

我问她："怎么啦？"

她却没有明确回答，然后一个人哭了起来。过了一会儿她自己说道："请听我说说吧！"

听她说，最近未婚夫门胁先生都不怎么到医院来了。手术前两天来一次，而手术之后却逐渐减少，现在一周只来一次左右，而且就算来了也会推托有事，然后逃也似的赶回去。

在那之后婚约的事情也不了了之了。

因为不是当事人，所以我并不清楚门胁先生内心的真实想法，是见到失去腿的恋人心里难受，还是想要逃避照顾单腿恋人的责任呢？丽子好像是在忧虑后者。但是责备男人变心是苛刻的。

所谓男人就是这种东西，所谓爱就是这种东西。

说什么人最重要的是心肠好、内在美之类的，但这些都是权宜之计。那只是对丑人的安慰。

不管怎么说，男人会被女人吸引归根到底也是因为外表。

不管心肠有多好，如果外貌不好的话，就不会靠近你。男人追求女人看的首先是外貌，然后是身材、品味。心灵之类是次要的，这些过去的历史早就已经证明过了。

这男人迷上了拥有两条美腿的深町丽子,却因为她失去一条腿变得冷淡而受到批评,这是不合理的。

男人说到底只会追求拥有两条腿的那个美丽的深町丽子。

虽然她可能会觉得有点残酷,但我还是把这话讲给她听了。

低着头听到一半的深町丽子中途开始大声哭了出来。

"那么大夫,你是说我永远都不要结婚,就甘于忍受这丑陋的状态吗？"她哭喊道。

"就是这样。"

听了我的回答,她哭得更大声了。美女哭泣时是很好看的,颤抖着单薄的肩膀,用被单蒙着脸,闷闷地哭泣。看着她哭泣时的模样,就想着抱她时候的样子。

应该非常敏感吧……

哭声持续着。

就应该哭上那么一次,直到自己感到厌倦。哭着哭着,眼泪干涸了,最终领悟到了自己。世上对残疾人和丑人的温柔都是源自怜悯,都是因为想着不如自己而产生的亲切。

同情是优越感的产物。

哭泣、悲伤,到了尽头就会明白。

她已经不是过去那个美丽的、男人们都拜倒在石榴裙下的女明星深町丽子了。

而是只剩下一条腿的、可怜的前女星深町丽子。

现在应该清楚地明白这一点了。

这样一来,自己和周围的人都会感到轻松。认识到这点不是为了别人,而是为了自己。

治疗的原点就在于此。从认识到这一底线起开始治疗,这样容易医治。

几分钟之后哭声终于止住了。

"忘记男人的事,开始新生活吧!"

我把手放在她依然颤抖的肩膀上,温柔地对她说。

"大夫,不要丢下我,能陪着我吗?"

大大的眼睛中饱含着泪水。

真是可爱……

"大夫是不会抛弃你的,因为我从一开始就既知道你的美丽之处,也知道你的丑陋之处了。"

我这么一说,她又开始哭起来。

但是这次毫无疑问,是喜悦的泪水。

一步一步地,深町丽子向着地狱堕落。

再过一个月试着把她约出来吧……

四

村形万里子的日记　　五月二十五日(星期四)　　雨

不知是不是提前进入了梅雨季节,今天下了一天的雨。

下午开始进行深町小姐断肢的复健练习。

截肢的腿部伤口痊愈了,皮肤变得强韧,即使敲击顶端也基本不会感到疼痛。之后就要安装假肢开始进行走路练习了,但在此之前有必要在股关节处进行肢体活动训练。

开始时,深町小姐仰躺着,截肢的腿部要先从一张一合的练习开始。

大夫每次喊"一、二、三……"的口令时,深町小姐的断肢就会扑扑地左右摆动。这和通上电的机器人摆动手脚时的样子很像。

"好,再来一次。一、二、三……"

二番町大夫让她多次反复进行这种运动。深町小姐中途额头上开始渗出汗水,喘气声也呼呼地变粗。

深町小姐的睡裙卷到腰际,下身露出了短裤和腿部。还是穿着那件镶有白色花边的小花短裤,从那里伸出的像棒子一样的断肢一张一合地摆动着。

大夫仿佛覆上了深町小姐的下身一般,压着她的短裤和大腿发号施令。

深町小姐大汗淋漓地遵循着指令。

看着看着,我产生了一种错觉,好像深町小姐正在受着什么严厉的刑罚一样,而执行者当然就是二番町大夫。

深町小姐被要求充分做过这种连续训练之后,又开始进行抬高腿部的练习。

然后连休息的时间都没有,就又让她趴下,腿部向后踢动。

大夫这次又用双手紧紧按住深町小姐不自觉翘起的屁股,喊着口号,深町小姐一露出跟不上节奏想要偷懒的样子,大夫就马上训斥道:

"不行,再举高点!"

深町小姐将大汗淋漓的脸埋在被单里,一边发出既不像呻吟又不似苦叫的声音,一边拼命练习。执行者不下令说"可以了",受刑者是不会被放过的。

深町小姐就穿着一条睡裙和短裤,无休无止地接受着惩罚。

此后又过了十几分钟,受刑者才终于获释。

大夫刚一说"好了",深町小姐就精疲力竭地全身陷到了床单里去。

看着累得抬不起头来的深町小姐,大夫说不充分进行这种训练的话,将来装上假肢走路的时候就会欠身哈腰地走不好。又说这种训练不管有多艰难,也必须每天坚持练习。而且她今后会每天都来监督的。

深町小姐就那么趴着,默默地听着大夫的话。

到目前为止,深町小姐只是在病房里舒服地休息。那种大腿张开、弯曲的训练多丢人啊,就算旁观的都是女性,心里一定也很难受。就连在旁边看的我都面红耳赤了,做的人得有多么害羞啊!

一想到深町小姐的心情,我就感觉胸口被堵住了。

但是与此相对,二番町大夫是多么冷静啊!能够心平气和地看着深町小姐大汗淋漓、奄奄一息的样子。

一点也没有因为看到她痛苦就酌情处理、让她休息一下,一旦决定要做,就必须达到目的。不管对方怎么哭泣、怎么哀求、怎么撒娇也不会赦免。

所谓科学家的目光,说的就是大夫那时那样的目光吗?

我感觉大夫的心里住着两种人,一种当然是那个温柔亲切的大夫,而另一个则是对任何事情都不为所动、拥有冰冷目光的大夫。

那种目光太可怕了。对什么都不会着迷,冷冰冰地注视着对方,有种令人紧张的敏锐。

医生这一行业不那样的话就不能做了吗?

而护士也……

可是在井川大夫和千叶大夫的脸上没有看到过那么严厉的眼

神。生气时就算发火,也只是当时的事情,并没有见到过像二番町大夫那样淡淡的、冷酷的目光。为什么大夫能够那样看着别人受苦却保持冷静呢?

难道之前的那个夜里,我也被大夫用这么清醒的目光注视着吗?

我郁闷起来。连非常淫荡的时候,大夫也是从台灯的灯光深处,那样目不转睛地凝视着我吧。

即使当时喝得那么醉,我身体的某处仍然留有被人凝视的可怕的感觉。

这种感觉是因为大夫的目光在我体内打上了烙印吧。

如果是这样的话,那太可怕了⋯⋯

可是不管怎么恐怖,我现在离不开二番町大夫。

今天一天我仍然等待着大夫和我说话。深町小姐的训练结束后,我和大夫两人一直单独走到办公室。虽然如此,但关于那夜的事情大夫却只字未提。不仅是这样,连话都没和我说上一句。

我憋不住了,问道:"大夫每天都很忙吗?"

大夫只答了一句"是啊"。她究竟在考虑什么呢?

晚上一个人躺到床上,我突然意识到了一件奇怪的事情。

到现在只想着二番町大夫如何严厉,日记上也光是这么写。可是想想觉得奇怪。

不知是怎么回事,虽说大夫下了非常严苛的命令,但是深町小姐也没有理由必须要服从啊。

不管怎么说,深町小姐是病人,感到痛苦的话,只要叫声苦就行了。就算是大夫也不能让到了极限的人继续练习。

可是深町小姐却遵照命令拼死努力。那么任性又娇惯的深町小姐怎么会这么顺从呢?

手术之后一周都没有说话,直至前几天也是不管问什么都用最少语言回答的人,为什么会变得那么老实呢?就像大夫按指令操纵的人偶一样。

奇怪……

难道说,深町小姐从大夫的折磨中感受到了一种喜悦吗?如此痛苦着,内心却感到了满足吗?

我如果到了那种境地,会那么老老实实地服从吗?

大概吧……

深町小姐绝不可能会沦为大夫的奴隶的,可是……

第三章　错综

一

二番町眉子的日记　　六月一日（星期四）　　阴

刚感到六月的气息，骄阳就如盛夏般火热，晚刊上说白天的气温有三十一摄氏度。到了晚上暑气也不见消散。

和村濑有希子在赤坂的一家名叫"入船"的店里吃了饭，八点钟回到家。她的抱怨还是一如既往地多。

洗过澡后母亲打来了电话。继父果然是胃癌，怀疑癌细胞已经转移到腹膜，检查之后如果证实还没有转移的话，下周将进行手术。

"不知道治不治得好了。"

说着说着，母亲就带了哭腔。我回答说只听她说的话什么也确定不了，但如果是癌症的话应该会有些困难。

果然和几天前见到继父时的预感相同。

听母亲说话的样子,好像想要我再去金泽一趟。不住地说如果继父去世的话,就不得了了。

的确,继父有前妻,还有个儿子,关于财产方面可能会起纠纷。现在看起来,母亲没有正式入籍的事情大概会成为件麻烦事。

可是母亲好像并没有考虑到那里,现在只是一味地想着继父的身体状况。

如果继父死了,就算不入籍,分到的财产也够吃穿不愁了。而且从那个放荡的男人身边解放出来,不是件值得高兴的事吗?

可是竟然会哭……

是长年共同生活所养成的习惯吗?还是就算忍受着丈夫和其他女人出轨,也仍要保持与他身体结合的这种身为女人的软弱之处呢?

从属于男人,依靠男人而活,这能称之为女人顺从、容忍的美德吗?

男人要死了,只能含泪哭泣、狼狈不堪。

我虽然喜欢母亲,却不想变成她那样。

话说回来,是癌症的话,就必须抽空再去一趟金泽。

不论做不做手术,还有三四个月,在此期间,关于母亲入籍的问题和他死后的事情,一定要向继父确认清楚。

这种事情母亲是完全不会做的,不论什么时候,也只会抽抽搭搭地哭。迄今为止,这种柔弱反而会获得别人的同情,赢取好的效果。可是这次就困难了。

继父死后想要争财产的人实在是太多了。

某天突然被侵犯,不知不觉地就成了侍妾,伺候着君王,最后连下边人也都照顾到了,可结果财产却被前妻他们都拿走了。这样的话,母亲也太可怜了。

那可怜之处原本就是母亲的优势吗?

可如果继父死了的话,光靠那可怜是行不通的。

对于那群闹事的人来说,母亲连籍也没有人,一定会被看成是以妻子的模样来骗取财产的小偷。

必须由我出面去谈妥吗?

但是我不想因此见到康之。我不想见到那个男人。

一见到他就直想吐。

深町丽子的断肢复健训练很顺利。

让她进行了十分难熬的练习,她还是咬牙坚持住了。可是一结束就立刻松懈了下来。

终于明白到最后能够依靠的人就只有我了吧!那高傲的样子本质上是不是有种被虐的情结呢?有待观察。

十一点时品子打来了电话,决定明天见面。

二

村形万里子的日记　　六月六日(星期二)　　雨

晚上正在房间里看电视,突然有人打来了电话。跑到宿舍的玄关处拿起听筒一听,原来是二番町大夫打来的。

"现在有空吗?"

因为没有想到大夫会打电话给我,所以慌忙答道:"有的。"

大夫马上接口:"那到我的公寓来吧。"

"现在就过来。没问题吧?"

只说了这些,大夫就挂断了电话。

完全不容辩解的语气。不过因为我很高兴,所以没关系。话说回来,晚上打来电话让我去她公寓,这到底是刮起了什么风啊?

因为自从那天晚上以来,一直担心大夫会讨厌我,所以她来电话我真的很高兴。

回到房间里麻子立刻问道:"谁呀?"

我本想说是二番町大夫打来的,但最终还是没说。

说出二番町大夫的名字而遭到嫉妒就麻烦了。而且不管怎么说,这件事情只是我和二番町大夫两个人之间的秘密。

麻子继续纠缠,而我只是暗暗笑着,开始准备出去。

最后我只说了句"和一个不错的人",连名字也没告诉她。麻子怒气冲冲地说道:

"万里子真小气!"

以前总听麻子说个不停,心里非常不舒服。本小姐也是有好事的!

但是麻子做梦也不会想到对方是女性,而且还是二番町大夫吧!

十点钟出门。

只要带着宿舍入口的钥匙,什么时候回来都没有关系。但是对于没有夜间在外走动经验的我来说,过了十点钟出门总有点忐忑不安。

到达二番町大夫荻洼的公寓时,已经十一点多了。

进了房门,我又大吃一惊。

在里面寝室那高立的台灯旁,二番町大夫穿着薄薄的睡裙,斜靠在床上。仔细一看,她手里还拿着白兰地的酒杯,看上去已经喝了不少了。

"您喝醉了吗？"我怯怯地靠近她。

大夫笑着说：

"从那儿拿个杯子，你也喝吧！"

一进房间，我就被它那妖艳的氛围所感染，依着大夫的话坐到了床边。过了一会儿，大夫一边放上唱片，让整个房间充满了如同教会音乐般庄严的乐曲，一边轻轻地用手碰触我的头发，慢慢地抚摸着。

接下来的情形就像上次一样发展下去了。

不，我也说不上来一样还是不一样，但我想大概是一样的吧。

在因害羞而颤抖的过程中，我不久便屈服于体内传来的快感了。

那真是有着像麻药一样的效果。

一被大夫亲吻、爱抚，我立刻就像中了魔法一样动不了了。我的身体就是这样的构造，还是因为大夫太厉害了呢？总之身体就像被五花大绑一样，逃也逃不了。

可是就连我那么害羞的时候，大夫也只是冷静地看着我吗？

全都结束后，大夫对着精疲力竭倒在床上的我吃惊似的说道："你真是够淫荡呢！"

我没办法回答，因羞愧而满脸通红地低下了头。而大夫又低声细语道："不要接近男人。男人会以残酷的方式来侵犯你。而且那时你只会感到火热的、就像被灼伤一样的疼痛，一点儿也不舒服。他们唯一的可取之处只有身为男人这一点。他们折磨女人，只让自己感到满足，而且会让你怀孕。但是这种情况下，多数男人又会佯装不知地逃走。再也没有像那样的胆小鬼了！同为女性的话,就不会有那种担心,而且快感又这么强烈,不需要和男人产生任何关系。"

她接着对我说:

"从这次开始,我会一直宠你,把你当作我的恋人。所以给我在这明确起誓,不会接触像野兽一样的男人!"

我虽然不明白大夫说出这番话的真正意图,但是现在我一心不想失去大夫,所以答道:"我发誓。"

这么一来,大夫说了句"当作是起誓的印证",让我在她右边的乳头上用力留下吻痕。同样地,大夫也说会在我左边的乳头上留下印记。

虽说是接吻,大夫的却远远不止这样,啃咬时的力度令我由于太过疼痛而哀叫起来。大夫最后终于放过了我,却明显地留下了鲜红的齿印。

"既然做了约定,就不能违反啊!"大夫这么说着,直直地盯着我看。

我忍住乳头火辣辣的疼痛,说道:"我绝不违反!"当然,大夫雪白的胸前也留下了我的吻痕。但是她的那个在我看来实在是太浅了。

看着这个,我突然想起了之前在女子更衣室里看到的大夫背部的抓痕。

是被非常尖的指甲抓伤的。那是不是也是这样让谁留下的印记呢?

想着想着,我开始嫉妒起那个素未谋面的人来,但是终归没能直接质问大夫。

之后又被爱了一次。回到宿舍时已经是凌晨两点钟了。

回去时我虽然说"不用了",可大夫还是硬为我付了车费,并送我到玄关。

现在是凌晨四点,麻子早就入睡了,从被子里露出一截小腿。尾高大夫要是看到她这个样子会说什么呢?

明天是白班,想着必须要早点睡了,但只有心里着急,怎么也睡不着,虽然身体累得不成样子。

话说回来,今晚这一晚到底是怎样的一个晚上呢?

大夫为什么会突然把我叫出去呢?我为什么会那么晚跑到荻洼去呢?我们又为什么会做出那样的事情、交换了那样的约定呢?

毫无疑问,我和大夫所做的事情不就是同性恋吗?

不就是杂志和周刊上写的那丢人的同性恋吗?

可不知为什么,实际做起来却没有任何罪恶感和厌恶感。那根本就不能想成是我至今都害怕、讨厌的同性恋。

不可思议。

为什么会让我发那种誓呢?大夫为什么会这么憎恨男人呢?

确实如大夫所说,男人又自以为是又粗暴无礼,折磨女人,让她们怀孕。好像还有人一觉得厌倦了,就会轻易地抛弃女人。

但是我认为不是所有的男人都是那么坏的。

我想博取大夫的喜爱,所以不会做违反约定的事情。但是像大夫那种过分憎恨男人的想法,我却认为有些不妥……

二番町眉子的日记　　六月六日(星期二)　　雨

根据气象台的报告,昨天开始进入梅雨季节。晚上关公蟹(井川大夫)约我,没办法,和他一起吃了晚餐。

地点是新宿歌舞伎街大厦地下层的日本料理店。那里虽然狭小,却有一位姿色不错又有品位的老板娘。关公蟹认识她,但好像不是很熟。

不巧雅间坐满了,我们就坐到了吧台那儿。

他像往常一样讲起了和太太之间的不和。我有点听腻的感觉了。

像是中途察觉到了我的无聊,这回开始说起了"特别报道"。听他说尾高大夫喜欢我。

据说,前几天和千叶大夫一起喝酒时,尾高大夫喝醉后坦白说:"我喜欢二番町大夫。"

他问道:"尾高没有跟你说吗?"我当然回答说从没听说过这件事。

"是吗?"关公蟹歪着头,一副颇感意外的表情。

"真是搞不懂他。一边说着喜欢你,一边又和野田护士交往着,好像另外还有两三个要好的女人。"他说道。

这些以前从没听过。

"又年轻又是单身,当然会受欢迎,但有了那种想法玩得过了火就不行了!"

关公蟹虽然摆出一副师兄的样子说了些老成话,但是可以窥见他内心的嫉妒。

嘴里虽然是在说着尾高大夫喜欢我的事,实际上却是在批评他花花公子的做法。

话说回来,和尾高大夫在交往的野田麻子不就是村形万里子的室友吗?

有必要确认一下。

吃过晚饭,去了位于 K 广场四十五层的酒吧。在苍白的灯光下俯视夜晚的东京,的确像是乡下人会喜爱的景观。这是关公蟹最高的奢侈了吗?

出了那里,如我所料,关公蟹还想再去一家。

我问他去哪里,他却不说名字,难道要带我去宾馆之类的地方吗?

甩掉了畏畏缩缩的他,上了出租车。想起来约了田井品子九点半来公寓。

连忙赶回去,品子却没有出现。不一会儿打来了电话,说她因为爸爸回去,所以不能出来了。

真懦弱,随便找个理由出来不就好了吗?

因为醉酒和被爽约,心情难以平静。想起了村形万里子,就把她叫了出来。

因为她住宿舍,所以外出很方便。

和上次相比,她就像变了个人似的,有了很大进步。结束后接了吻,并让她发誓永远做同性恋。

我在万里子的胸前咬出了血。

心情终于平静下来。

万里子是个善良、淫荡、能忍耐的好女孩。

三

村形万里子的日记　　六月十二日(星期一)　　晴

今天深町丽子小姐装上了临时假肢。

所谓临时假肢,就如其名,是暂时使用的假肢。在竹棒上绑上筒状的石膏绷带,再在那里放入断肢的顶端,用带子吊着走。这样做上一个月左右的单腿走路练习,顶端的皮肤变得强韧之后,再装上正式的假肢就可以了。

事隔两个月,深町小姐终于能用双腿站立了。虽说一条腿是竹棒。

虽然在睡裙的裙边处看不清石膏绷带和竹棒的部分,但用丁字拐走路时,竹棒抵住走廊会发出咯笃咯笃的声音。正因深町小姐美丽,这声音更加令人心痛,显得可怜。

二番町大夫目不转睛地盯着深町小姐。因为是自己做的手术,所以大夫更加难受吧!

看着大夫的侧脸,我胸口的咬痕又开始火辣辣地疼起来。痛楚明明已经消失了,为什么会又疼起来呢?

虽然不好对别人说起,但我还想被大夫疼爱。难道只能接受邀请,而不能由自己说出想要被疼爱的请求吗……

二番町眉子的日记　　六月十二日(星期一)　　晴

下午四点进行了一场临时手术。

患者是位二十四岁的男性,由于交通事故造成了右小腿粉碎性骨折。

在手术室洗手时,尾高大夫凑过来问道:"对弗拉明戈舞感兴趣吗?"

"这周六在赤坂的P宾馆有弗拉明戈第一人K.Y的表演秀,不去看看吗?"他邀请道。

他穿着手术服,戴着大口罩,只露出了两只眼睛。那双眼睛直直地看着我,是一双深邃的、对于男人来说美得过分的眼睛。

女人大概就是被这双眼睛欺骗的吧。我想了一会儿回答说："大概能去。"

"那么明晚请允许我再打次电话。"

尾高大夫这么说着,洗完了手,戴上胶皮手套先到手术室去了。

尾高大夫虽然是男性,但比我晚三届,因此按照礼貌来说,要先到手术室去给病人做过消毒等准备工作后,等着我去主刀。

手术中尾高大夫也只是我的助手。他系线还很慢,也不正确。有一次因为系口处系松了而被我训斥。

"对不起。"他老老实实地道歉说。

这男人和女人单独在一起时会是什么样子呢?

话说回来,去看弗拉明戈舞的表演秀,邀我去宾馆的夜总会,还挺聪明的嘛!

至少比吃过饭后只会去酒吧喝酒的关公蟹灵活。

晚上爱抚过了田井品子后,母亲打来了电话。

她说虽然继父的癌细胞有扩散的可能性,但暂且还是决定做手术,时间是周五下午。还是像以前一样带着哭腔说:"没关系的吧?"

如果没有扩散的话还好,可一旦扩散的话,动手术也只是加速死亡。但是如果没有证实已经扩散,做手术也是一个办法。不管怎样,也只能相信主治医生了。

母亲说:"再来一趟吧,做手术时陪在身边。"

如果不是周末的话,怕是有困难,而且我就是去了也帮不上什么忙。

我说:"去不了。"

虽说是继父,但并不是生身父亲。不,他虽然爱我,却不是以一位父亲,而是以一个男人的身份来爱我。我原想这么说,却终归没能说出来。如果说穿的话也太残酷了。

不管怎样,在心底只祈求着让继父受苦死去的女儿,就算去了又有什么用呢?

只能暂且和母亲说"我先考虑考虑",然后把电话挂断了。

不知品子是不是在听电话,挂断后全裸着从毛巾被中露出脸来说道:"去吧!"

什么也不懂的小姑娘……

你知道我被继父,也就是你父亲的哥哥调戏的事情吗?知道我被继兄,也就是你的堂兄冒犯,身心交瘁的事情吗?

品子什么也不知道。凭什么在这儿说大话!

不知是因为母亲的电话,还是因为品子说了那样的话,我突然很想虐待品子。

稍微一想,就扒掉了品子裹在身上的毛巾被,让她全裸着用皮鞭抽打她。品子疼得在床上打滚,哭叫着,哀求着。

抽打着像母豹一样蜷缩着东逃西窜的品子时,我大概就是在她那雪白的皮肤上看见了继父和继兄的身影吧。

每次鞭子扬起落下,我都在心中叫着继父和继兄的名字。

不知打了多久,当我精疲力竭放下鞭子的时候,品子就像破烂不堪的袜子一样,只能趴在那儿了。

然后我抱住她,狠狠地在那羞人的部位冒犯了她。

品子完全不反抗,照单全收,甚至回应着爱抚,不久发出了愉悦的叫声。明明受到那样的痛打,都奄奄一息的了,你是多么的淫荡啊!不,不只是品子,女人为什么会那么顽强而贪婪呢?

不，我自己不要那样！即使被殴打、被侮辱，也还是会感到愉快。我不要做这样的雌性动物。

母亲、品子、万里子，被称之为女人的女人不都是雌性动物吗？不管装扮得多美丽，说话多文雅，态度多温柔，女人到底还是名为雌性动物的野兽啊！

不管外表怎样，内在都是贪婪的、淫荡的、固执的……

令人厌恶！

我讨厌非人类。我不想变成雌性动物。

只有我是不同的，不是雌性而是独立的女人。

等所有的激动都平复下来，所有的狂乱都消失以后，品子开始抽泣起来。

全身布满了红印子，还有一些肿成了血道子。

她说伤口火辣辣地疼，因此都不能洗澡了。

脸上没有打到，但是胸口、四肢都有鞭子的抽痕，暂时是不能穿敞胸的连衣裙呀、迷你裙之类的衣服了。

"姐，你真过分！"

品子一边哭着，一边用带着怨气的眼神瞪着我。

现在说什么呢？明明挨了几下打，就从中途开始因从未有过的快感而不停扭动了。享受着快感却说"过分"，真是太任性了！

话虽如此，终归还是和她讲不通。

品子是冷静时和兴奋时人格会变得截然不同的雌性。而不论对雌性动物说什么，都是没有意义的。

镜子中映入满满的伤痕，明显地显示出是挨了打。我在肿起的红道子和裂开的地方给她涂上了药膏。红色的鞭痕一两天就会消退的。

看着镜子又被满身伤痕吓呆的品子哭哭啼啼地说道:

"要是被爸妈知道了怎么办啊!"

知道了再说知道了的事,被他们骂骂不就结了吗?

品子生来就是代大家接受惩罚的。

她既然和侮辱我的继父、继兄血脉相连,就逃脱不了这样的命运。我不会就这样放过她。

我要把她变成满目疮痍的可怜的雌性。

四

村形万里子的日记　　六月十五日(星期四)　　阴转雨

巡查完病房后,二番町大夫难得地问我:

"今晚有空吗?"

我原本想和麻子去新宿的,但是却答道:"有空。"

和麻子什么时候都能去。

下午六点钟还是在六根木的那家咖啡店会合,然后去了之前也去过的位于赤坂的那家柜台式酒吧。

我想在酒吧喝过酒后,就要去大夫的房间了吧,但是今天的安排有些不同。

一进酒吧大夫就问起了关于麻子的事。

先是麻子和尾高大夫的事。

大夫问道:"两人交往到什么程度了呢?"

大夫为什么会知道麻子的事情呢?而且为什么会问这种事呢?

"好像约会过两三次,但是我想没什么更大的进展。"我答道。

"那么说没有发生关系喽？"大夫追问道。

住在同一间房间，不管有多亲密，也不会清楚到那个地步。可是根据和麻子谈话的感觉来看，我想可能接过吻了，但是还没有发生过关系。

我这么一说，大夫考虑了一会儿又问：

"那么哪一方主动些呢？"

谁喜欢谁呢？根据偶尔碰到的情形来看的话，大概互相都有好感，但是我感觉麻子更加着迷些。

看麻子说起尾高大夫时的口吻，沾沾自喜很不寻常。而且像尾高大夫那么年轻帅气的医生，我想有很多女人在追求他。

现在进行的约会是麻子强迫的，而不是因为尾高大夫积极地喜欢麻子。

这么一说，大夫皱起了眉头，说："麻子被骗了是吧。"

可是究竟是这样吗？公平地说，骗人的该是麻子吧。

大夫说："不管外表看起来多温柔，也不知道男人心里在想些什么。总之，男人是不能信任的，所以为了让她不会太过于投入而受到伤害，你也给她些忠告吧。"

大夫因为温柔所以会那么担心的吧。可是断言所有男人都不可信任又是怎么一回事呢？

大夫对男性的批判总是很严厉。所谓男性真的是不能信任的吗？话说回来，大夫为什么会那么担心麻子的事情呢？

虽然麻子同样是外科的护士，但她的搭档医生是井川大夫。所以不是用不着担心吗？是不是有点太过担心了呢？或者，我这是在吃醋吗？

大夫又问了我一件奇怪的事情。

"尾高大夫有时会到深町小姐的病房里来吧？"

我因为看到过一两次尾高大夫进出深町小姐的病房，所以答道：

"是的，偶尔会去。"

二番町大夫点了点头，立刻问道：

"不知做些什么呢？"

"做些什么……"

我被问住了。医生到病房去难道不是为了治疗吗？尾高大夫去深町小姐病房的理由，身为主治医生的二番町大夫当然是知道的。大夫真奇怪……

可是之后很精彩。

今夜大夫也使我感到十分愉悦，这种快感甚至能让我瞬间晕厥过去。

又温柔，又安心，也不用担心会怀孕。这种关系真是太棒了！

回去时，大夫说了声"不需要了"，就把她的珍珠耳环送给了我。虽说不要了，但那是真的珍珠，我想要值五万块。大夫可真大方。

好高兴！

下次再见大夫的时候我要戴着去。

二番町眉子的日记　　六月十五日（星期四）　　阴转雨

下午从光片室回来，因为忘了告诉深町丽子明天定期检查的事情，所以去了她的病房。尾高大夫碰巧也在那儿。

进去时他慌忙站起身低头道："您好……"我没看错，直到刚才他一直坐在床边来客用的椅子上，谈什么正谈得起劲儿的样子，上半身向前倾着。

为什么会那么做呢？更重要的，他来深町的病房里有什么事呢？我没有当场追问，只通知说明天的采血推迟到下午就要回去，尾高大夫立刻追了上来。

"病人说假肢的状况有些不好，所以我来看看。不好意思。"他边走边说。

"你辛苦了。"我礼貌地答道。

他又喋喋不休地说了些"临时假肢还是不能一下子适应啊""吊带好像松了"之类的话。

我沉默地听他说着，在护士中心前和他分开了。

尾高大夫虽然也是外科大夫，但他不是深町丽子的主治医生。像手术呀、石膏绷带之类一个人不能完成的工作，同科室的大夫是会帮忙的，但是非主治医生介入除此以外的工作就有些不合情理了。

更别提出入非自己主治的患者的病房，在她枕边亲切地说话了。这是不寻常的。

话说回来，说什么商量假肢的事，居然那么能撒谎。

他对深町说下周要仿造真正的假肢，现在的情况不应该再用临时假肢了。如果是这些事的话，理所当然是要和我这个主治医生商量的。

可今天早上巡查病房见面时，尾高大夫什么也没说。那么不自然的借口听起来就觉得奇怪。而且，如果真是因为这种工作出现在病房的话，没有必要道歉说"不好意思"什么的。连不是自己主治的患者都照顾到了，要说道谢的话的人，反倒是我。

那种惊慌失措的样子，真是滑稽。

难道说尾高大夫对深町丽子有好感吗？而且深町也是这样吗？

不管有多美,怎么会对只有一条腿的女人……

如果真是这样的话,我不能原谅他!

约我周六去夜总会是怎么回事呢?难道也是想像对待野田麻子那样把我随意当成个玩伴吗?

年纪轻轻却不懂礼貌。

看那个样子,凭借自己医生的身份已经多次进出深町的病房了吧。

傍晚把村形万里子叫出来确认了上述几点。从万里子那得知了尾高大夫确实也在其他时候进出过深町的病房。如果那么喜欢深町的话,更加光明正大地来好了。像偷腥的猫一样瞄准主治医生不在的空当进出病房,真是令人感到不快。

他引诱护士,现在又接近深町,并且这次还想约我。

想做花花公子,却只对身边的人下手,有点卑鄙。周六让他尝点教训吧!

晚上爱抚了万里子。

把旧了的珍珠耳环送给她,她很高兴。真是个坦率的好女孩。

深夜,下起了雨。

万里子回去后,我一边听着风声,一边一个人喝着白兰地。

"萨福"的女孩子们、万里子和品子好像都认为我是同性恋,但我不是。

为什么这么说呢?因为我谁也不爱。我并不沉迷于对同性的爱中。

我只是不想做一个女人,不想身为一个被性支配、被男人所支配的女人这一性别。

这样能做到什么程度呢?不,必须要永远这么坚持下去。

五

村形万里子的日记　　六月十七日（星期六）　　晴

由于周一被二番町大夫咬伤,我事隔六天后终于泡了个澡。而且因为宿舍的浴室会被人看到,所以中午回去后立刻去了前面三百米处的公共浴室。

伤口慢慢好了,但是上面还残留着微白的齿痕。

过了六天还没消,一定是被用很大力气咬的。

这周真是被这个咬痕困扰了一周。拉紧白大褂的胸口处好歹也能遮住,但是一碰到刚洗过的白大褂,就连上班的时候那一块儿也会火辣辣的。晚上伤口碰到睡衣也会疼。

但是很不可思议,只要一开始感觉火辣辣的,全身都会像发烧一样兴奋起来。特别是过了三天,伤口快要好起来的时候,四周都痒痒的,难以忍受。

晚上身体发热的时候睡不着觉,开始讨厌起旁边睡得正香的麻子来。想着干脆抱了麻子算了,但如果这么做的话,麻子大概会大吃一惊吧。

话说回来,伴随着疼痛袭来的那种奇妙的感觉是什么呢?

痛楚消失了,我很高兴。但说实话,伤口好起来了,我却有一种惋惜的感觉。

再请大夫咬我一次,留下伤痕吧……

不行! 我在考虑多么可怕的事情啊! 难得这么漂亮的皮肤却想让人在上面留下伤痕,这不是常人会想的事情。

喜欢被虐待的人好像叫受虐狂。施虐狂似乎是施虐的一方,所以我是受虐狂。如果变成这样的话可就不得了了,一定要注意!

可是一想到这件事,就特别想见大夫。

大夫的房间里今晚说不定会有别的女人吧。大夫是不是又在那红色灯光映照下的床上,就像对我一样,正在对别的女人做着那样的事情呢?

可能是"萨福"那小巧的老板娘吧。

再等等吧……

我这是在吃醋吗?女人之间的三角关系,真令人讨厌啊!

二番町眉子的日记　　六月十七日(星期六)　　晴

早上往金泽打了个电话。如果按母亲之前所说的,那昨天继父应该做过手术了。

昨晚一直在房里,却没有接到母亲的电话。今早给她打电话也不是因为担心继父的病情,而是担心因为继父的死而立场变得不安定的母亲。

把电话转到外科楼的办公室,过了一段时间,母亲接了电话。

母亲说按照预期已于昨天下午做了手术,傍晚恢复了意识,但是很痛苦。从那时起一直陪在他身边照顾,所以昨晚没能给我打电话。

至关重要的手术结果是,恶性的地方已经尽可能摘除了,但是还不能说这样能不能治好。因为是非常厉害的医生们所做的手术,所以母亲好像接受了这样的解释——看似明白实则不明的解释。

一般医生说"尽量做了,但是不知道结果怎样"的情况下,基本上就是不行了,但母亲当然没有意识到这点。

一般做剖腹手术,发现癌细胞转移的话,多数应该是不会摘除的。但是已经摘除了,这就说明没有转移吗?

可如果是这样,回答应该会更有把握些的。不管怎么来看,大夫的回答很微妙,不直接再去问一次的话,光听母亲的回答是没法明白的。

听母亲说京都的中岛、康之他们都来探病了。和我想的一样,贪财的人都聚集来了。他们就是一群围着继父尸体的鬣狗。

我告诉母亲就算他们来了也视而不见,不要离开继父的身边,不管怎样,现在只要专心照顾病人就好了。

虽然不用我说母亲也会尽力照顾,但不管怎样,现在不能离开继父的身边。死期将至,现在离开的话,时至今日的努力都会白费。

"知道了,知道了。"母亲说道,但我还是不放心。不管怎么和她说,比起继父的财产,母亲还是更关心他的身体,这是没有办法的事。

话说回来,母亲怎么会那么老实呢?为什么会对男人那么天真呢?

而且,这样的母亲为什么会生出像我这样的孩子呢?

晚上七点半,去了和尾高大夫约好的赤坂P宾馆大厅。让他等了三十分钟,尾高大夫一边在大厅吸烟一边等。

"表演秀八点半开始。如果去晚了就没有好位子了,所以就直接这么去吧!"他说着,走在前面。

让人联想到初夏的银灰色西装,米色的T恤衫,再配上小花纹的领带。与其说非常时髦,倒不如说是像个伊势男人。

地下夜总会中央设有舞台,后方是乐队,四周摆放了桌子。因为能吃点东西,就点了白兰地和虾的贝烤菜,开始看表演秀。

K.Y小姐以弗拉明戈舞第一人的风采表演了热情洋溢的舞

蹈。敏捷的动作加上配乐明确的节奏令人心情愉悦。

日本舞怎么看都觉得淫荡，充满对男人献媚的感觉。但弗拉明戈舞还算是有着女人的独特性。至少不是只为男人解闷的东西。

在蜡烛微暗的光线中，尾高大夫用热情的眼神盯着舞台。看他看得那么认真，看来想象力相当丰富啊！

看完表演秀后去喝了一会儿酒，九点钟出了夜总会。我有点醉了，尾高大夫的眼睛周围也红了。

"再去一家吗？"他邀请道。我拒绝了。这么一来他说道：

"不去我家坐坐吗？我买了新的立体声音响。"

用立体声音响来邀请人倒是没什么新意，但是比起只是巡回喝酒来，这样效率就高多了吧。

我起了恶作剧的念头，反过来邀请说："不去我家坐坐吗？"

他一脸意外地问道："真的可以吗？"

于是立刻搭了车直奔荻洼。不知是不是因为受到邀请而感到很高兴，在车里他不住地赞美我。听着倒也没什么不开心。

到了公寓打开房门，他边看了看四周边慢慢地跟了进来。

昨夜没有带女人回来，所以房间里很整洁。他暂且坐到了沙发上，却不停地透过半敞的房门瞟向卧室。

重新喝过白兰地后大概过了二十分钟，他突然站起来走到我的身边。

"怎么了？"我用略带些娇媚的声音问道。刚一转过脸去，他的唇就凑了上来。

马上就有了那种想法。

"我喜欢大夫。从第一次见面开始就喜欢上了……"

边说着，边试图强行拥抱我。我反抗了几分钟就不再用力。

他好像因此有了自信,更加用力地抱着我。

"我喜欢你,我喜欢你!"他胡乱寻着我的唇。手腕虽细却非常有力气。

拒绝了两三次之后,也就允许他吻我了。

他大胆地伸进了舌头,却只是这样,既没有吮吸也没有动。不知是不是由于惊慌,唾液的分泌倒是挺多,我感到嘴角都弄脏了,真不舒服。至今和他交往的女人都是这样被迷住的吗?

中途我张开眼睛一看,他闭着眼睛,那长在男人眼上显得过长的睫毛微微颤动着。是在拼命努力吧?想动舌头,又怕那么做有些过分吗?牙齿倒是稍稍碰到了。

他的唇离开后,又难以忍耐似的蹭蹭我的脸,温柔地抚摸我的头发。接吻时加上这类动作是高明的做法。这些地方真是无懈可击。

"我爱你!我真的爱你!"他说着,又来寻我的唇。

"我爱你"也就算了,"真的"倒是多余。这是在说给自己听吗?

过了一会儿,他轻轻地抱着我,想把我带到寝室去。看见床上的红色床罩,他已经像头牛一样拦也拦不住了。

我说:"不行!"但这些他根本不听。这就有点麻烦了。

总之力气极大。手术中抓住肢体的时候要是至少有这力气的一半倒也行了……

退到床边的话,男人是很难住手的。于是在门那边反抗,但他还是咄咄逼人。我哀求道:

"等等,今晚不行。只有这件事下次再说。今晚不行!"

"为什么?"

我趁他放松力气的空当抽出手,回到沙发上。

照这么进展下去的话,应该一下子就可以夺得女人的。真是不够努力。

如果一下放手的话,剩下的就只有扫兴了。他一脸困惑地站了一会儿,不久回到我的身边。

"生气了吗?"

愚蠢的问题。

"可我是真的喜欢大夫。如果惹您不高兴的话,请原谅。"

刚才的胆量到哪里去了?现在不住地讨我欢心。

"总之你今天回去吧。"

"您没有生气吧?下次一定会再见我的吧?"他一个劲儿地确认道。

我点了点头后他好像放下心来,理了理头发,整了整领带,突然变成一副绅士的样子打过招呼后就回去了。但是那张脸上洋溢着夺得我的吻后的安心感。

如果只接了个吻就让他误会的话就麻烦了,下次要无情地回敬他!

一个人时却感觉他那粗重的喘息声还残留在我的耳边,真是不舒服。

在浴室冲过澡后读着《人工脏器的进步》睡着了。

村形万里子的日记　　六月二十日(星期五)　　阴转雨

干黄梅持续了一段时间后,久违地下了场雨。

今天深町小姐真正的假肢终于做好了。在她腰部系上腰带,从那里用皮绳吊着。膝盖处只靠一个按钮就能屈伸,十分便利。金属部分也是合金的,很轻便。

截肢处的顶端裹着薄毛线,再在上面装上假肢。

深町小姐戴着假肢,在病房里来回行走。

练习了三十分钟后,她问我:

"尾高大夫不上班吗?"

我回答道:"他每天都来啊。"她听后露出一脸不可思议的表情。

这么一说,尾高大夫这段时间真的没来病房了。发生了什么事吗?

不管怎样,这么坚持练习走路的话,深町小姐就可以出院了。

下午尾高大夫在办公室。二番町大夫一进去,立刻显出一副难以平静的样子,一边频频地关注着二番町大夫,一边在病历卡上写着什么。

二番町大夫佯装不知。

这两人有问题。怎么回事呢……

晚上鼓起勇气给二番町大夫打了个电话,结果她却不在家。去哪里了呢……

二番町眉子的日记　　六月二十七日(星期二)　　阴

久违地见到了田井品子。

"姐姐真是过分,那次之后我跟学校请了三天假呢!"她抱怨说。轻轻噘着嘴申诉的样子真是太女性化了。

我看着看着,又产生了想要痛打品子的欲望。

自从发生了上次那件事以后,村形万里子白衣的领口都拉得很紧,而品子这么热的天也穿着闭领的长袖和长喇叭裤。

要是认为这事那么过分的话,不来不就好了?是她自己打来电话的。

"给我看看你的伤。"我以此为理由,再次将品子脱得一丝不挂。

虽说距离挨打已经将近两个星期了,但是背上还隐约残留着鞭打的痕迹。

话说回来,她的皮肤可真美。明明做了那么淫荡的事,却没在她二十一岁的皮肤上留下任何纪念。

那个恶魔到底消失到哪里去了呢?

品子仿佛意识到正被我看着自己的身体,慌慌张张地护住胸,就这么赤身裸体地蹲着说道:

"不能再打了!我怕!"

我想做什么吗?她究竟在说什么呢!我明明就只是看看嘛。她说这种话,难道还期待着被打吗?

应该适可而止。

对方越是期待着被打,我反而越不想打了。即使媚态百出,我也不会上钩的。

就算对男人有效,但对我可没用。我的自制力可是不能小看的。

没了兴致后,平时的游戏也就没了激情。

就像瞄准了两人爱抚过后的空当一样,母亲打来了电话。

她说继父的病情已经大致稳定下来了,饭虽然吃得不多,但也能正常进食了。还说继父等我过去。

话说回来,听母亲说还是不清楚病情。

虽说是胃溃疡、腹膜炎之类,但我不会就老实地相信。要是不懂那么点医学知识的话也许倒是会信。不管怎样,还是必须得去一趟的。

挂断电话后,有人敲门。开门一看原来是尾高大夫。

这算怎么回事啊!我还穿着睡裙,而品子还睡在床上。

"我可以进去吗?刚好来到这附近,刚才打过电话,不巧正在通话中,所以我就直接来了。"不知他是不是跑来的,喘气有些粗。

真是,男人怎么那么容易就性急激动起来呢?

我拒绝道:"我有客人。"可是只有女鞋,客厅里又没有有人在的迹象,看来他认为我是在撒谎了。

"大夫您还在生气吗?在躲着我吗?"

他叫道,背靠着门,一点都没有要回去的意思。最后说:

"之前不是允许我吻您了吗?之前不确实是爱我的吗?"他大叫。

只让他吻了我就给他造成了爱上他的错觉,真是难办!因为他实在是太烦了,我叫出品子,让他看了看品子穿着粉色睡衣的样子。在尾高目瞪口呆之际,我关上门将他赶回去了。

我和雄性动物没有瓜葛。

第四章 复仇

一

村形万里子的日记　　七月五日（星期三）　　阴转雨

久违地收到天龙母亲的来信。

信中说家人身体安好，还说明年春天，高中毕业的妹妹想来东京。

好像想去上大学的，但是在办事处上班的父亲两年后就要退休了，所以有些困难。妹妹好像只是单纯地向往着东京。

人山人海、车水马龙的东京有什么好的？不知是不是因为这阵子写了太多在六根木吃饭啦、在赤坂喝酒的事，妹妹好像还不知道，东京也不只是那么繁华的地方。

在山环水绕、清幽静谧的天龙生活是多么好啊！

可是连说这种话的我，也已经来东京四年了。最初原本只打算在高等护士学校学习期间住在东京的，但就那么拖了下来。就算现在让我立刻回天龙,说实话,我也不愿回去。

虽说拥挤嘈杂,但人好像是很能习惯这些的。我虽不愿带妹妹来,但如果就待在那种乡下地方也挺可怜的。

不管自然、人情有多好,年轻时也是不会满足于这些的。趁着现在来东京磨炼一下兴许是件好事。

总之,到明年春天还有时间,在此期间要好好想想。

比起这个来,重点倒是我的事。

母亲来信的真正理由是谈我的婚事。

男方二十八岁,名古屋的私立大学毕业,现在在天龙的一家木材加工公司上班。身为长子,人又老实又认真。

看了我的照片,对方好像也挺热心的,所以让我暑假一定回去相亲。

信里附着照片,好像是在城山照的,以树为背景站在那里,穿着西装打着领带。体格很结实,确实看起来挺老实的,但说不上来,就是不想和他结婚。

这人一直住在天龙吗?一想到要和那人一生住在乡下,就感到没了精神。

我虽不愿莫名其妙地说些大话,以至于到最后只剩下自己嫁不出去,但是如果和不怎么喜欢的人相亲并退居农村生活的话,也太寂寞了。

女人还是不得不结婚吗?我马上就二十四岁了,怎么办呢?去和二番町大夫商量商量吧!

可是大夫说不定会生气。不知为什么,我就是有这种感觉。

二番町眉子的日记　　七月十日（星期一）　　阴

阴沉的天气一如既往地持续着。梅雨季节就应该有梅雨季节的样子,痛痛快快地下几场雨,而这干梅雨反倒让人心情郁闷。

中午,深町丽子出院了。

从住院以来过了大概两个月,看似漫长实则短暂。总之,对她来说,应该是难以忘怀的。

假肢的佩戴状况基本良好,走路时虽然还有些晃肩摇臀,但这些从某种程度上来说也是无法避免的。

要是臀部肌肉再发达些,穿着裤子走路的话倒是不怎么显眼,但这也要看训练的效果。

我告诉她以后每月一次要来做定期复查。

我解释说定期复查一是为了查看切割处与假肢的契合状况,二是确认有没有复发的可能性。

只要做定期复查,我就能抓住她。

深町丽子已经是个与男人无缘的女人了。男人今后不会再真心接近她,而她也不会再对男人抱有甜蜜的幻想了。

她是个和男人断了缘分的女人。

今后不论任何时候都不能也不会期待男人庇护。

深町丽子的生活在这两个月里完全改变了。

深町确实成为独立的女性了。

和男人分开的那部分,今后由我来疼爱。

晚上,把深町丽子的腿就这么泡在福尔马林液里,由医院搬回了家。用布盖着装有福尔马林液的长玻璃瓶,让出租车司机帮我搬的。

司机当然不会知道那里面装着人腿,收了许多小费,高兴得很。回家后把它放在壁橱上层的深处。黑暗中蜷缩蹲坐的腿,孤独美丽的腿。

你已经是我的奴隶了。

据昨晚母亲打来的电话说,继父恢复了精神,已经能喝粥了。

母亲太单纯了,好像只是和刚做完手术后不省人事的状态作比较,就说好了。其实问题在于和手术前比怎么样,而手术前就能喝粥,所以以此判断就放心的话,过于草率了。

病情暂且稳定下来。追了过来却什么事也没有,继父前妻的孩子、亲戚好像撤了回去。话说回来,追逐金钱的那些贪财者们慌慌张张的样子一定很有趣吧!

既然这样,现在就不用急着赶回去了。等暑假的时候抽个四五天的空再去吧。

晚上叫来了品子。正要疼爱她,尾高大夫打来了电话,问道:"这周有空吗?"

之前明明回绝了他,还真是固执。

"现在还不知道。"我答道。

他又说知道有家好吃的北海道料理店,还说了关于夏天计划去泡海水浴之类的事情。最后说道:"要不一起去海边吧?"

抱品子之前讲长电话真是添乱。我随意敷衍了几句就挂断了电话。

认为带我去海边就能成功地得到我了吗?不然让他抱一次,吓吓他吧!

这也挺有趣的。

二

村形万里子的日记　　七月十八日（星期二）　　晴

终于迎来一个梅雨结束后的大晴天。可是伴随而来的，是真正的炎热。办公室里的温度计正午时超过了三十三摄氏度。

内衣内裤的外面只能穿白大褂。麻子随便就把白大褂胸部的扣子缝低了。护士长发现了她大胆地露出胸部的行为，提醒她注意。

幸而如此，晚上麻子终于把扣子的位置恢复到了原来的地方，还说起了护士长的坏话。

"天么热，患者们又很高兴，这样不好吗？护士长嫉妒我们年轻啊！"

可是透过白大褂的领口就能看到乳沟，还是过分了。可能麻子因为自己胸部大，所以很骄傲吧。

其他也有人把白大褂的下摆折上去两三厘米做成迷你裙的样子，与其说以此来取悦患者，倒不如说是刺激他们兴奋，这样反倒不好。可谁知道怎么样呢？总之，我认为护士不应该太过性感。

麻子那么做大概是想勾引尾高大夫，但是最近看尾高大夫对麻子并没有什么兴趣。

我想那个大夫还是对二番町大夫感兴趣。难道麻子没有察觉吗？

之后聊起了有关恋爱的事情。

我一咬牙，说出了母亲提到的婚事。麻子说：

"不好吗？去相个亲试试看。"因为是别人的事，她也就随便说说罢了。

"不愿意的话拒绝就好了,去看看总是有好处的。"

是啊,也许就是这么回事。能做的暂且做着试试……

可是不和二番町大夫说好吗?不管怎样,我都介意背着大夫去相亲。这又是为什么呢?

二番町眉子的日记　　七月二十二日(星期六)　　晴

酷暑,没有食欲。又瘦了两公斤,只剩下四十五公斤了。

因为是"丑日",所以应该吃些"鳗鱼"之类的。可是光看它黏糊糊的样子就想吐,那种滑溜溜的感觉就像女人,让人不舒服。

晚上和万里子在六根木吃过晚饭,之后带她来了公寓。

在房间里喝着威士忌,她谈起了要去相亲的事。

说是家住天龙的一个二十八岁的上班族,连照片都带来了。

看起来很温和,但要终其一生照顾这么一个平凡的男人,万里子脑子出毛病了吗?

为这个男人做饭,远接近迎,讨他欢心,甚至连自己的姓名都要丢掉,到底想要得到什么呢?

是爱吗?如果只是爱的话,那么不需要结婚。

一旦结了婚,不管多激烈的爱情也会褪色。被大家所允许的公认的爱不是爱。那中间已经没有了胸口揪紧的紧张感和反抗感。拖拖拉拉地只是变成一种习惯,只是互相适应了的爱。

在结婚这个制度中已经不存在真正的爱了。真正的爱只存在于不伦中,只存在于不被社会承认的不道德的关系中……

而且男女之间一旦关系密切了,不久就会变得肮脏而丑陋。真正来说,只有女同性恋者之间才有纯粹的爱。

或者说是想要孩子呢?

想要孩子的话,没有必要结婚。如果无论如何都想要,应该自己有意愿地生下他,自己承担责任养育他。

不要依赖于男人。

以生孩子为交换条件靠男人养着,女人很快就会沦为男人的奴隶。就算变成奴隶也还是想要孩子吗?

万一有了孩子的话,你认为那孩子真的会报答自己的母亲吗?认为他会爱母亲,尊敬母亲,给她养老吗?不要说任性的话了!就算母亲能为了孩子去死,孩子也不会去为母亲死的。

就连母亲用在孩子身上一半的心思,孩子也不会用在母亲身上。孩子终归是会离开的,但这也不能说他冷漠。

原本母亲要生孩子的想法,就源自自己任性的欲望,不是吗?

有了孩子就能留住丈夫啦,有了孩子之后就不会寂寞啦,有了孩子就有了生存价值啦,一切的想法都是由母亲的任性产生的,同孩子没有任何关系。

既然这样,抱怨说什么孩子长大后离开是冷酷无情呀、背叛父母之类的话都是自私的。

孩子应该是让我们只因感受到抚养他们的乐趣就满足的存在。成年之后离开反而是理所当然的。

从一开始,就是从想要个宠物一样的想法中产生的,碰巧长大了,就想让他连自己都照顾到,真是太自私了!

如果是为了要孩子,那没必要结婚。

或者是想得到生活的安定呢?

满足于结婚是日本女性最愚蠢,不,最懒惰的地方。

絮絮叨叨地发着丈夫的牢骚,却又不要离开丈夫的女人们;一边抱怨着,一边因三餐、睡眠得到满足而安稳度日的女人们。那些被称为家庭主妇的傻瓜们是不会有智慧和真正的自由的,有的只是慢性的懒惰和淫荡。

那些人就是一群在所谓的家庭体制中被养得圆滚滚的猪,比肥胖的资本家更加懒惰。难道说万里子想变成这种东西吗?

她们就像被蒙住眼睛的马一样视野狭小,要说谈论的话题,只有丈夫、孩子和购物,是一群用高雅的措辞来掩饰内心贫乏的愚蠢的家伙。难道说连万里子也想加入吗?

所谓妻子的头衔只有屈辱。它把女性变得不再是人,而是服侍人的雌性动物;不再是独立的人,拥有的只有屈辱。

不知是不是喝醉了,我一口气说了出来。

万里子只是静静地听着。我追问她是不是听明白了,她说了句:

"让我想想。"

政治家般的回答方式。

我想到她还是没有真正明白,怒火一下子涌上心头。

我慢慢地帮她脱掉连衣裙,又脱掉内衣和内裤,让她感受了与平日一样的快乐和屈辱。

然后是鞭打。

万里子好像习惯了鞭打,逃也不逃,就这么让我打。过了一会儿呻吟声中开始夹杂了微弱的娇媚。

突然没了打的兴致,就直接拿着瓶子,在那微微泛肿的背上浇上了白兰地。

不知是不是产生了什么反应,她哭着说:"会刺激伤口的!"然后,我让她发誓不去相亲。

女人用脑子是不会想明白的,伤害了她的身体她才会真正明白!

令人头疼的不是存在着这样的女人,而是这样的女人和我属于同一个性别。

挨了打有些可怜,我又重新爱抚了她。

今天是不是有些过分了?可是如果不那样做的话,那个丫头是不会明白的。

村形万里子的日记　　七月二十三日(星期天)　　阴

昨晚没能记日记。

怎么说好呢?真是凄惨的一晚,一想到就害怕。

被鞭子抽打后疼得睡不着觉。

话说回来,二番町大夫那么粗暴是怎么回事啊?是爱我,还是恨我呢?

我到底做错了什么呢?过分!真是太过分了!

可是之后的爱抚很棒。打得那么厉害,为什么突然又能那么温柔了呢?

大夫精神正常吗?还是神经错乱了呢?越是和她交往,我就越不明白了。

还是应该去相亲吧。结婚是那么愚蠢的事情吗?

我倒是认为和喜欢的人在一个家庭中生活是件不错的事。为那人做晚饭、织毛衣、生儿育女,这是多么美好的事情啊……

这是大夫所说的失去自我吗?女性不再是人而成了奴隶吗?

为什么……

为什么不能为喜欢的人奉献一切呢?为什么这么做了就不再是女性而变成雌性动物了呢?

没必要考虑什么降服于男人啦、变成奴隶啦、屈辱之类难懂的事,只要坦率地遵从自己的心不就行了吗?

可能因为大夫脑子太好了,复杂的事情考虑得太多,太不看重坦诚的想法了。我认为人活着应该对自己坦诚。

可是我还没有真正喜欢的人,还没有什么都愿意为他做的那么一个人。

在这种情况下相亲,可能还是对自己不负责任吧。

可是只相个亲的话又不会有什么损失……

三

二番町眉子的日记　　七月二十八日(星期五)　　晴

久违地见到了村濑有希子,在六根木的"入船"吃了饭。

话题又是围绕有希子的牢骚。

有希子的丈夫越来越荒唐了,竟查出他在青山的公寓中包养了个年轻女人。

应该和这种变心的丈夫分开。他的爱已经不在你身上了,为什么还要厚着脸皮跟着他呢?

她说:"我想分开。"

"那就分啊!"

我这么一说,她又道:"可是离婚还关系到面子,而且他也让我暂且饶他这次。"声音突然甜了起来。

到底想怎么办嘛! 想不想离婚啊! 如果只是让我听听争风吃醋吵架的事,那就免了吧。

离婚难道还要考虑面子什么之类的吗? 如果注重面子的话,

一开始就应该放弃离婚的想法。事情是不可能各方都圆满的。

男人说了"暂且饶我这次"吗？自己任意变心，之后却又要回来，真是太自私了！

以此看来，妻子就是个垃圾回收站，收容那些在外面不受欢迎了、像旧抹布一样破破烂烂地被丢回家来的男人。

有厚颜无耻说着这种话的男人，就有对这种事还抱有些许期待的女人。

"但他真的不是什么坏人，就是让坏女人给迷住了。"有希子又为丈夫辩解道。

和男人女人到底哪个有错这种事根本没有关系。只是说如果自己受到伤害，被看轻、被无视的话，就应该离婚。问题归根结底是在自己身上。

连这也要不断依赖于男人。

有希子头脑聪明，身为女医生又有经济实力，却还是这个样子。

她的可怜之处在于明白自己得到了什么快乐。她现在就是个除了自己男人以外什么也看不见的如同盲人一样的女人，不，是个可怜的雌性。

雌性痛苦、悲伤，就算被男人彻底背叛也没有关系。这就是尝到和男人性爱滋味的女人的宿命。

女人自立的首要条件是经济上能够自食其力，但是看了有希子就知道，只拥有这些是不够的。女人真正的独立是要从依赖于男人的性爱中解放出来。只要在性爱上从属于男人，是不会有什么真正的解放可言的。

有希子太了解阴道带来的快感了。只要她不舍弃这种感觉，就不能脱离男人独立。男人将阴道快感根植于女人心中,以此来支配女人。而只因这么一个感觉,女人就沦为了男人的奴隶。

真正自由的女人是只靠阴核快感生活的女人。我当然如此,品子、万里子,还有"萨福"的女人们从这一点上来说都是脱离了男人的自由人,不用伺候那些任性粗暴的男人们。

如果仅享受阴核带来的快感,就不再需要男人的爱,不必向他们哀求、期盼、请求爱了。

在食欲、性欲这两大人类本能中,食欲的话,只要有经济能力就不成问题;还有性欲,如果只是依靠阴核获取快感的话,那么自己就能解决。

男人只拥有和阴核快感相似的阴茎快感,并不具有阴道感觉。男人为了得到快感,有女人的话当然好,但并不是绝对需要的。但是知晓了阴道快感的女人没了男人就活不下去,因为那种感觉并不是一个人就能得到的。

不能解决食欲、性欲这两个基本欲望,真正的独立简直就是异想天开。

这些事看看男女的生理就明白了,其生理构造有着天壤之别。

总而言之,女人的欲望实在是太深了。明明一开始就拥有阴核快感,却又要追求阴道快感,甚至还想要独立,真是太会为自己算计了。

为了独立就得舍弃阴道所带来的快感。那些觉得舍弃这个可惜的女人,从一开始就不应该说什么自立。

说什么"女人有女人的生存方式、思维模式",听了就让人生气!

以一个从男人那里获取快感的身份,说什么大话? 如果想这么说的话,就应该断然舍弃依靠阴道所获取的快感。

不能这样做的女人,不论说什么漂亮话也难以让人相信。不管多么有学问、有经济能力,雌性动物就是雌性动物。

从这种意义上来说,大学毕业的有希子和没有学问的母亲是一丘之貉。

不管什么时代,真正独立的女性只有少女、老太婆和丑女。她们或是不识,或是已经放弃了阴道快感。

不会向男人眉目传情,不需要多方考虑男人的想法,不必战战兢兢地担心受不受男人欢迎。

她们是和男人无缘的存在。

如果她们经济上能够再有富余的话,那就更加如虎添翼了,已经没有什么东西能让她们感到害怕了。不必站在不喜欢的男人身后,反复做些沏茶、洗衣之类没有意义的事情,也可以把男人看作是追着女人屁股后面跑的家伙。

我是个美丽的独立者。

不是被追捕的猎物,而是永远狩猎的猎人。

不是充满屈辱的被动者,而是深感骄傲的主动者。

村形万里子的日记　　八月四日(星期五)　　晴

下周起医生和护士们分前后两批进行为期一周的暑期休假。

这么热的天气实在让人难以忍受。

麻子提议选前期休假,一起去北海道旅行。我拒绝了她的邀请,决定选后期,连着中间的盂兰盆节一起休息,好趁这段时间回家乡去。

之所以想回家,一是因为从过年起已经半年多没有回去过了。

此外,回家的话也许能够相亲的想法也在作祟。

既然之前被大夫痛打,发誓说不会相亲,那就不能公开说了。但说实话,在我内心还残留着那么点想要相亲的念头。

我只在给母亲的信上写了十二号回去,并没有写到时要不要相亲的事。可是母亲生性爱操心,说不定正做着相亲的准备呢。

如果不是自己愿意,而是被母亲强迫的话,应该就不算背叛二番町大夫了吧。

听说麻子最终决定假期的前一半和同科室的山崎他们一起去伊豆旅行,后一半回水户的老家。

麻子好像是想和尾高大夫一起去旅行的,所以和他一样选了前期休假。但是尾高大夫并没有约麻子,而且突然将前期的休假改到了后期。

这是怎么一回事呢?二番町大夫一开始就定了后期休假,尾高大夫之所以变更休假时间可能和这事有关吧。

但是就算尾高大夫真的爱上了二番町大夫,可二番町大夫却只爱我们女人,所以这事是成不了的。尾高大夫知道这事吗?

晚上天气闷热,睡不着觉。和麻子去了便庆桥边乘船。

这里也聚满了来乘凉的人们。

边乘船边和麻子聊天,听起来感觉麻子和尾高大夫的关系好像已经很深了。

而且也得知近日麻子总觉得尾高大夫有些冷淡,她为此挺烦恼的。

难道真如二番町大夫所说的,男人一旦夺取了女人的身体后,态度就会立刻改变吗?

我认为麻子从一开始就配不上尾高人夫,但也不能这么和她说。总之,如果真是那样的话,麻子也太可怜了。

比起爱上男人而受到冷落,被女人所爱就强得多了。二番町大夫对麻子没有兴趣吗?

可是刚对麻子提了下同性恋的事,她就不以为然地说:

"那种事是不健全的人才会做的……"

那是不健全的人才会做的事吗?如果是这样的话,我和二番町大夫倒是都变成不健全的人了……

但是麻子他们两人在一起的瞬间又有多么充实呢?我不知道。

二番町眉子的日记　　八月七日(星期一)　　晴

炎热依然持续着,听说白天的最高温度为三十四点三摄氏度。

外面不知道怎样,反正待在开着冷气的医院里感觉不到热,只能看着窗外的阳光凭空想象。

从今天起,医生、护士们开始半批半批地进行休假。前期上村主任上班,而井川、千叶两位大夫休假。听说井川大夫回到了仙台的老家,而千叶大夫去了长野,都是带着家人。

男人就应该尽量为妻儿服务,搞得疲惫不堪才好。

上午,深町丽子隔了一个月后出现在了门诊部。无袖的黄色毛衣配上白色的喇叭裤,依旧那么美。她仍是一个醒目的存在。

人们被她的美丽惊呆得瞠目结舌,然后注意到她的跛行,好像又吃了一惊。

真是残酷的美啊!

看过切割部位的状态、假肢的情况后,又照了胸部及腿部的X光片,都没什么异常。

由于医生人数只有一半,所以门诊很忙,也没能和深町好好说话。我邀请她说,如果有空的话,这两三天来玩吧。可她却说,计划明后天去轻井泽。

不管怎样,也是掌上明珠,急不得。

晚上品子来了。

品子这阵子情窦初开的样子连我都觉得脸红。

留了长发,看起来就像是摆出一副稳重大小姐姿态来的女大学生。

品子的父亲英三郎是继父康太郎的弟弟。而侵犯我的康之,即康太郎正妻的儿子,是品子的堂兄。

难道田井家族的血统都那么淫荡吗?

总之,品子马上就要变成完完全全的同性恋了。一个在我面前暴露无遗的奴隶。

好像对于鞭打也已经完全习惯的样子,最后品子竟说道:

"姐,打我吧!"

现在再最后加把劲儿的话,她大概会成长为一点都不想正常结婚的女人吧。

这是我对田井家的报复之一。

两人耗尽体力,筋疲力尽。一丝不挂地躺着的时候,母亲打来了电话。

她确认道:"十三号确实会来的吧?"

我答道:"当然打算去了。"

"你继父翘首以盼呢!"

继父死期将至,突然变得平易近人起来了吗?

比起这个,我更担心会不会见到康之。

母亲不知道我被康之侵犯的事情,所以有些得意地说道:"康之还问到了你呢!"

继父病倒之后,康之大概成了田井产业的实际经营者吧,但这和我没关系。碰到他只会让我想吐。

和母亲通过电话后,就像久候多时的样子,尾高大夫打来了电话,说最近想和我再一起吃个饭。我没有答话,听他说完就挂断了。

品子在旁边听着电话,瞪着我说:

"之前的那个男人吧?姐,我讨厌你喜欢上那人。"

可是就算是你自己,我也不知道什么时候会背叛我。

村形万里子的日记　　八月十三日(星期天)　　晴

自打生下来头一次相亲。

时间是傍晚时分,地点选在能看见天龙川的"八千代屋"。

我和我的父母以及对方和他的父母都来了。媒人是木材公司的小林专务。

对方和照片上一样,是个身材结实、看起来很认真的人。

我穿了一个月前刚在东京做的水珠花纹的连衣裙,腰上系着银色链子。天气那么热,对方却穿着白色的T恤衫,整齐地打着领带,有点土气。

只有媒人和父母们说说话,而我们本人就只对对方父母所提的问题回答"哎"或"是的"。

侍者端上了生鱼片和天龙特产鳗鱼饭,我只用筷子稍微碰了点生鱼片。父母们和媒人看到的情形就是我不太能吃,而那人好像也是这样。

那人名叫今野甚一郎,有点老气的名字。之所以叫"甚"听说是从他父亲的名字"甚作"中取的。

吃过饭,两人登上了城山的二俣城址。

这里是德川家康的长子——信康被杀的地方。从山顶久违地看到了天龙川的河流,真是太美了。白沙洲和清澈的河水以宽阔的胸怀将城山环抱起来。

今野先生有着乡下人少言寡语的特点,表情也没什么变化。我虽然讨厌像大城市的人那样八面玲珑喋喋不休,但如果太不爱说的话也挺麻烦的。这样的话,家里就总感觉有些阴郁。

还有一点,是一起走路时知道的。两人并排着一走,他的个头儿竟是那么矮。最多也就一米六四左右的样子。我虽然是一米五八,但不知是不是因为穿着高跟鞋的缘故,两人基本上没什么差别。

更让我介意的是,这人抽烟喝酒全都不会。和父母在一起的时候喝了一杯啤酒,但只喝了这么点脸就红了。

要是他知道我和麻子两人一起干了一瓶威士忌的话,一定会大吃一惊吧!

他问我"去东京几年了""工作很辛苦吧"之类,全都是极其普通的事。

在一起待上十分钟就变得很无聊了。

男人嘛,再说点有趣的话题一个劲儿地带动我的情绪不就好了吗?有点儿郁闷。

并排坐在城山长椅上的时候,我一直想着和二番町大夫的床上事。

如果告诉今野先生这件事的话,他得有多惊讶啊!一定吃惊得嘴都合不上了吧。

他是个绅士,七点前接近傍晚时就开车送我回家了。

相亲的综合得分,对方得了个勉强及格的六十分。无所谓好坏,稍微有点魄力不足。

还不知道对方给我的得分,但应该不会太差。

"怎么样?"母亲频频追问,但我没法回答。

总之,要一辈子追随那人住在乡下的话,还需要考虑考虑。

晚上不住地想着二番町大夫的事情。

四

二番町眉子的日记　　八月十四日(星期一)　　晴

计划昨天回去的,由于盂兰盆节和避暑的游客太多,飞机满员而没买到票,所以搭了今早的飞机,总算是离开了东京。上午十一点到达金泽。

一降落到机场,就感受到清爽的微风。机场大厅的气象表表明温度为三十一摄氏度,但湿度为百分之五十。

太阳很亮,气温也挺高,但并没有感觉到有多热。

直接坐车回到家里。

听说今年夏天的这几天,有两百五十万人离开了东京。

不管好坏,这么多人一起回家乡过盂兰盆节,也已经说明东京这个地方很奇特了。

东京到底是属于谁的城市呢? 是谁,又为了谁创建的城市呢?

不管怎样,问题在于夏天有两百五十万人离开东京,却并不仅仅只是因为炎热。

从机场直接来到了公园前的家。

我把在银座T商场买的珠串手提包当作礼物送给了母亲。

算不上什么贵重的东西。母亲明明不缺钱,却还是不住地表示高兴。

是上了年纪的缘故吗?就是想要礼物,不管什么东西。真是和小孩子一样。这其中也有即便有钱也不知道怎么花的天生穷命的因素在里面。

下午母亲带我去了医院。

我去时穿着敞胸的白色麻质连衣裙,脖子上围着浅蓝色的薄丝巾。

继父的病房和上次不同,是三〇七室。同是特等病房,但这间好像离护士办公室近一些。

一进病房,继父好像事先知道我要来似的,说道:

"来了啊!"

像个和蔼可亲的老爷爷一样露出柔和的笑容,伸出了枯瘦的手。

可是他的脸色与其说白,倒不如说是泛黄,两颊就像肉被削掉般清瘦。伸出的手也只剩下了皮包骨头,满是皱纹,浮现出青色的静脉。

我没什么特别的话要对他说。

可是继父却连连说道:"身体好吗?等你来呢!"十分怀念地盯着我看过之后,开始拖拖拉拉地逐一说起了自己的病情和医院的生活。

中途因剧烈咳嗽中断了四五分钟。声音嘶哑,看上去非常痛苦。

最后问道:"我自己认为如果能熬过这个夏天的话就能治好,

你怎么想呢？"

我回答："我大概也是这么认为。"

继父瞬间露出了满足的笑，但马上又像自言自语似的小声道："也说不定治不好了呢。"

母亲慌忙否认道："说什么呢！怪不吉利的！"可继父的自言自语却意外地说中了要害。

继父确实会死。

过完这个夏天或是坚持到九月份左右。

不管周围的人怎么说，死是本人自身感受到的。

"帮帮我吧！"

继父枯瘦的手抓住我的手腕不肯放开。

过去继父以相同的动作把我拖向了里面的屋子。

瞄准母亲不在，侵犯了我。

现在用同样的动作祈求我帮他延续生命。

想了想，我感觉好像梦到过这样的瞬间。可能就是为了想看到继父哀求我的那一瞬间，我才成为了医生吧。

我俯视着那双皱纹像藤蔓一样纵横交错的手，沉默了。

这样一来，继父的眼中隐隐泛起了泪光。

现在是要道歉吗？现在悔恨了吗？

可是已经迟了。

给我的青春留下残酷回忆的继父。

这个名为父亲的人，也是教会我侵犯自己身体的人。

父亲，却也是让我对男人绝望的罪魁祸首。

是让我之后无法正常去爱异性的男人。

虽说那个男人现在死期将至，但我不可能原谅他。

不，当然，原谅不原谅并不是我一个人的意见。不管我怎么努力，我的心已经结冰了。

现在我要冷静地看着继父临终时的痛苦。

没有表情没有关心，一点骨肉亲情都没有。就像他(继父)没有一点骨肉亲情，侵犯了未经人事的我一样……

恶魔应该去死。

我这么恨他，不知他是还没有察觉呢？还是察觉到了却佯装不知呢？

不管怎样，只要我脑海中仍然留有那残酷的青春记忆，我是不会原谅烙上这种印记的男人的。

可能去医院从继父那儿听说了吧，晚上康之打来了电话。

他说想趁我逗留在这里的这段时间见次面商量一些事情。

以有事商量为理由，又有一匹野兽靠近了。

为什么要让我遇到这么无耻的野兽呢？

康之只打来个电话，母亲就一副欣喜万分的样子。毕竟是嫡系少爷打来的。虽说没有血缘关系，但是母亲和康之还是形式上的母子啊！哪有母亲向孩子这么低三下四的？母亲应该消除那种在继父和康之面前把自己当作侍妾、下人之类的心态。

我严肃地把这事一说，中途母亲就带了哭腔：

"你这孩子！我们能这么称心如意地生活，多亏了他们呀……"

不可救药的谦卑，不可救药的自我牺牲精神。

如果只是活下去的话，我们母女并不需要田井家的庇护。如果母女俩抱着无论做什么都要活下去的想法，就能够活下去。

对于我们能活到现在，并没有道理要向他们感恩。

比起这些,因为多少受了他们点儿庇护而造成的心灵重创,他们要怎么补偿呢?

在屈辱和敌意中度过了青春,我的这种悲哀他们要怎么补偿呢?

怎么折磨康之呢?应该怎么复仇呢?

让我考虑一晚吧。

村形万里子的日记　　八月十六日(星期三)　　雨

因久违的大雨,天龙川涨水,连美丽的白沙洲都淹没了。不知是不是因为四面环水的缘故,河水的变化使得城市中骤然充满了紧张空气。

这可能就是乡下地方的好处,也是其不好之处吧。

傍晚,像是算好了雨停的时间,小林媒人来问相亲的结果了。

对方回话说对我挺满意的,所以想交往一段时间试试。

说实话,我提不起劲儿。

虽说那人本身缺少魄力,但主要是因为我现在还不想在这种小地方生活。

我倒不是受了东京什么感染,但在东京,各种各样的人有着各种各样的生活方式。先不说将来,目前我还是想在自由自在的地方寻找属于自己的活法。

"明后天就要回东京了,等回去之后再给您答复吧。"我逃避道。

虽然不想和那人结婚,但彻底拒绝的话又觉得有点可惜。我的说法中也包含着这种意思。

父母说:"难得那么好的人,你有什么不满的?"只是一个劲儿地批评着我的态度,他们怎么不站在我的立场上想想?

如果现在说"好"的话,那就等于我的一生都定下了,当然要慎重。

男人可能会有应考、就职以及成为人生转机的几件大事,但没有一件比得上女人的结婚重要。

现在一想到女人要服从于男人,结婚这件事竟然变得有些恐怖了。

二番町大夫之所以一直单身,大概也是因为脑海中时常掠过这种不安吧。

媒人小林阿姨说:"因为东京有许多好的男士吧?"那种口气像是说我在东京偷偷和什么男人交往着似的。

真没礼貌。一般情况下,如果东京有那么好的人,谁还会来这种乡下地方相亲啊!

而且我也不是要追求什么都好的男人。男人嘛,只要高个头、健壮、开朗又温柔就好。因此,我对住在城镇的普通上班族倒也没什么不满,但就是觉得那人什么地方有点不足。

昨晚一个人躺在床上认真地想了半天后明白了:我在东京的恋人是二番町大夫。

大夫怎么样了?

一定回到了金泽的老家,在豪华的大房子里舒舒服服地过日子呢。千万不要忘了万里子。我向北方祈求着,就这么睡着了。

二番町眉子的日记　　八月十七日(星期四)　　阴

傍晚在P宾馆的大厅里见到了康之。这是十年后的再次相见。他穿着灰色的西装配上鲜艳的化纹领带,乍一看一副绅士的样子。

康之立刻邀请我去宾馆的地下餐厅吃晚餐。我没有理由拒绝。

他一边吃饭,一边不停地夸我漂亮。

他明明不可能忘记过去强夺了我的行为,但对这件事却连一句道歉的话也没有。倒也是,如果有心道歉的话,最初就不会约我出来了。

他用肉麻的奉承话和看似温柔的说法频频地想要勾引我。真是厚颜无耻!

我听腻了,问他有什么要事。

他换上一副稍微正经一点的表情问道:"老爷子能活到什么时候?"

看他这种问法,好像已经从医生那里知道救不活了。

我答道:"这种事我哪知道。"

他听我这么说,继续追问:"可是作为大夫,大致应该知道的吧。"

"主治医生说能到什么时候呢?"我问道。

他回答说这个不清楚。

我没了耐心,就只说了句:"可能到秋天吧。"

他大体同意的样子,说:

"老爷子一死,会有许多麻烦事,现在就要头疼了。"

他是在暗示财产分配的复杂性。

分居的妻子、她的孩子即实际继承人康之、康之的弟弟英康,还有母亲、我以及其他的亲戚,要分财产的人太多了。

"近期想和你商量一下,请多关照了!"

关照什么呀?不管怎样,所谓的要事也就这么一件。把它说得拖拖拉拉的,还一副别有居心的样子。

吃过饭后,我想离开,他却说有件东西想给我看,邀请我去七楼的房间。想做什么呢?我觉得好笑,走进去一看,是间双人房。

要给我看的是一枚蓝宝石的戒指,又圆又大,直径接近两厘米。

"你可能不喜欢,听说你假期要来,就给你买了生日宝石。"他别有意味地说道。

我的生日确实是在九月份,可是我没有理由收下康之的宝石。如果是对过去的补偿,戒指之类是不够的。那些被侵犯的残酷记忆不是收了枚戒指就能消失的。

但是现在的康之别说是补偿了,他是看到过去侵犯过的少女长成了美人,又垂涎起来。

借口说有事邀请我吃饭,还有事先借用宾馆的房间给我看戒指,我知道这些都源于这个意图。

小姑娘的话不知道会怎样,但是对我也想用这种伎俩勾引到手吗?真是没有新意!

我碰也没碰那戒指,只露出了苦笑。

康之像是想挽回尴尬的局面,劝我喝桌上的威士忌。准备得倒是够周到的。

我站起来想要离开,康之见状也顾不得刚才那游刃有余的态度,连珠炮似的说:

"我爱你!""我想见你!"

我不管这些,准备回去。走近门口时,他冷不防从背后抱住了我,骤然变成了野兽。

反抗、喊叫也毫无办法。他异常兴奋,扯掉我连衣裙上的扣子,双手抱住我的肩膀,强行要吻我的唇。

真的要向我施暴!十年前的暴力画面又清晰地浮现在我的脑海里。

康之已经变成了一只野兽。这样下去不要说头发了,就连衣服也会被撕得七零八落。虽然没有想到康之会狂态毕露,但认为轻易就能逃掉而进了房间的我也有过错。

因为他太过于狂乱所以我放弃了反抗。

"如果你那么想要的话,我给你就是了。放手!"

我喝退了康之,慢慢地脱掉了连衣裙、衬裙、内衣。

康之就像梦游症患者一样,以一种在神经科被称为老年痴呆的眼神呆呆地看着我脱衣服。

全部脱光后,我全裸着仰躺在床上。感觉挺清爽的。

"喂,来吧!"

像是被吓破了胆,康之以一副受到最大惊吓的表情看着我。过了一会儿,才慢慢地靠过来。

"快点要了我吧!"

康之的动作太慢了。躺在床上看着男人战战兢兢地脱衣服真是又奇怪又滑稽。

本以为他会全裸的,结果他还穿着一条内裤,躺在了我的旁边。

"喂,快点啊!"我催促道。

康之只是抱住我的上身,把唇送了过来,关键的那些却一点要做的迹象都没有。刚刚的疯狂到哪里去了?

全裸的女人明明就在身边躺着,却像只小羊一样磨磨蹭蹭的。

"这些就不用做了,快点占有我啊!"

我再次催促,可康之只是点头。我失去了耐心,主动抱住他,一碰他那里,却只是又平又软。

是想要侵犯我却因我的积极献身中途软了下来,还是没有做好心理准备呢?

我原想要是被侵犯的话,就冷静地睁着眼睛将他滑稽的动作从头看到尾。看来是不可能了。

"不行了,是吧?"

我肆意地留下了个侮辱性的笑,起身穿衣服。

甩开不断哀求的他,走出了房间。他可真是太狼狈了!

愉快的一晚!

我的小猫们——田井品子、深町丽子、村形万里子怎么样了呢?

第五章　疑惑

一

村形万里子的日记　　八月十九日（星期六）　　晴

久违地回到东京。

刚一到,就被人海和酷暑惊得目瞪口呆。可能舒舒服服住在家乡的这段时间,已经习惯了乡下的氛围了吧。

回到宿舍后很悠闲,麻子不在。因为周六的缘故,所以大家可能都外出了。

洗了个澡,吃过晚饭后,终于有了回到东京的真实感。

上午十点从天龙出发,到了滨松,从那儿坐上新干线回来的。虽然只是这样,却感到非常疲倦,什么事也不想做,只呆呆地看着电视。

不知二番町大夫回来了没有。我想打个电话问问,却因介意相亲的事而犹豫不决。

九点钟终于下决心打了个电话,却没有人接。还没有回来吗?

十一点钟躺在床上看电视时,麻子晚班结束后回来了。

看到我回来,突然"哇"地大叫一声,就扑了过来。我拿出带回的礼物——天龙的特产香菇,然后两人一起吃起了在滨松买来的鳗鱼便当。

麻子边吃边说,在我不在的这段时间,听说了件怪事。

说深町丽子的病原本是不用截肢的,却被截了肢。

为了这件事,她的原未婚夫门胁先生好像找到医院来了。

听麻子说,门胁先生找到主任医师,要求公开手术前后的病例、X光片以及显微镜检查的报告书。

门胁先生的朋友中似乎有位医生,那人听说深町丽子因为巨细胞瘤而被截肢后说做得过分了。这事好像就是由此引发的。

麻子还说主任回答说和主治医生商量后予以答复,暂且让他回去了,但是表情相当严肃。

不会吧!如果没有大碍的话,是不可能被截肢的。

虽说那时尾高大夫也说如果检查结果是恶性三级的话,就必须得截掉,但事实上,是因为从检查室里得到的结果也是如此,所以才……

难道门胁先生因为未婚妻被截肢所以精神失常了吗?还是企图依靠威胁医院得到点什么好处呢?

话说回来,竟然怀疑主任和二番町大夫,真是太没礼貌了!二番町大夫从金泽回来听到这件事会怎么说呢?蠢话也应该好好想想后再说嘛!

二番町眉子的日记　　　八月十九日（星期六）　　晴

金泽。

白天的最高气温是三十摄氏度。和东京相比没什么变化，但是风很清爽，不含湿气挺舒服的。

中午由于母亲苦苦央求，又去探望了继父。

总之，母亲像是想显示一下女儿拼命担心继父病情的样子。

当然，母亲没有什么想要改善我在将死继父心中形象的深谋远虑，如果能这么狡猾的话倒也好了，她有的只是想要取悦继父的想法。

还是那身为侍妾的劣根性。

但是我也要装装样子，改善在继父心中的形象也不是什么坏事。

隐隐感觉自己救不活的继父近期将会写遗嘱吧，那时说不定这次探望会起到作用。

继父的脸色依然泛黄。

"赶快恢复健康吧！"我说着言不由衷的话，握了握他的手。

继父凹陷的眼睛里闪现了泪光。

我感觉他有点儿可怜了。

不行，不能因此就忘记对他的仇恨！

继父用嘶哑的声音断断续续地说：

"如果康之能和你在一起的话就好了……"

那一瞬间，我怀疑自己的耳朵听错了。

不是开玩笑吧？就算康之和我没有血缘关系，也是形式上的兄妹。哥哥和妹妹结婚成什么样子！

而且如果这是真心话，那他自己过去纠缠我的事又该怎么办呢？

用武力侵犯了将要成为自己儿媳的女人,到了现在又在说些什么呢？厚颜无耻也要有个限度！

难道说康之也是为了能和我结婚才侵犯我的吗？

在床上躺得老糊涂了吧？还是之前就疯了呢？

"真的,如果那样就好了。"母亲单纯地附和道。

母亲为什么不了解我的烦躁呢？无知真是太可怕了。

"父亲没事的,一定会没事的。"

我模仿新派戏剧的台词,深思熟虑后向他撒了这个谎。这是我对他最后的复仇。

可是对于没有察觉出这是复仇的对方来说,就算这样说了也没有意义。我已经失去向继父复仇的机会了。

再见了,我恶魔般青春的导演者。

晚上,主任打来了长途电话。

深町丽子的事真是让人极为不快。我决定明天立即乘飞机回东京。

村形万里子的日记　　八月二十日(星期天)　　晴

今天晚上一起吃晚饭的时候,麻子突然说十月中旬打算辞掉医院的工作。

这是怎么回事呢？听了我的问题,麻子叹息道:

"就算一直待在这里不也没用吗？"

她说自己已经二十三岁了,不久就要考虑嫁人的事,回家乡去了。好像这次暑假回家时,她父母就是这么强烈建议的。

我确实明白麻子的想法,但她的决心背后,还是包含着没能抓住尾高大夫的悲伤吧。

"再重新想想看？"

我这么劝道，但也找不出什么更积极的话来挽留她了。

我也不得不考虑考虑了……

突然感到很寂寞。

二番町眉子的日记　　八月二十日（星期天）　　晴

返京。下午去医院确认深町丽子的住院病历及光片等。

二

村形万里子的日记　　八月二十一日（星期一）　　阴

天气还是那么热。隔了约莫二十天再次被二番町大夫疼爱，而且是大夫刚一回来。

被疼爱之前大夫问我："没去相亲吗？"

我回答说"没有"。大夫说了声"是吗"，但被抱的关键时刻，大夫又问了一次。

大夫边让我急切地想要边问实在是过分。最后受不了了，于是答道：

"是去相过亲，但是我拒绝了。"

她终于满足了我。

大夫真是太过分了！

可是，真好！觉得连内心深处都感到了久违的痛快。

我好像也患上了同性恋癖。

结束后大夫又让我重新发了一次誓："我将永远作为大夫忠实

的奴隶竭尽一生。"

之后我和大夫又在红色的台灯下纠缠了几个小时。这样一来，今野先生的忠厚模样、一起散步的乡村景色，都如同遥远的梦境一般了。

话说回来，深町小姐那件有疑问的事情怎么样了？二番町大夫应该已经从主任医师那儿听说了才是呀。

我想问的，却没能问成。

看她悠然和我调情的样子，那件事大概只是门胁先生的误会吧。

二番町眉子的日记　　八月二十一日（星期一）　　阴
不快的一天。
现在为什么必须要给他们看那些东西呢？我拒绝。
"但真的是三级是吧？"连主任都一脸怀疑地说道。
"只要是恶性三级，不管对方说什么都不用担心。"
为了消除不快，我叫来了万里子。
万里子回去后，我看了看壁橱内深町丽子的腿。
在福尔马林液中，它轻轻地弯着膝，顺从地低着头。

三

村形万里子的日记　　九月三日（星期天）　　晴
发生了一件不得了的事情。
今天早上深町小姐企图自杀，被送进涩谷第一医院。听说警方和院方取得了联系。

为什么突然做这种事呢？明明半个月前来做定期复诊时还挺有精神的。

好像吞了一百多片安眠药，但设法给救活了。

话说回来，这是为什么呢……

还是因为失去了腿而感到悲观吗？半个月前来医院的时候，穿了喇叭裤来掩饰假肢，但是那微微跛行的样子，一看就知道腿脚不好。

她还说过每次走路时，硬邦邦的假肢碰到地面发出咯笃咯笃的声音挺让人讨厌的。

难道，和没必要截肢却被截掉的谣言有关吗？

不会吧！应该不会轻易相信这种靠不住的话啊？

二番町大夫早上在办公室待了一会儿，突然匆匆忙忙地赶到医疗部去了。

二番町眉子的日记　　九月三日（星期天）　　晴

接近正午时终于醒了。刚泡上咖啡，主任打来了电话，说深町丽子吞药企图自杀，被抬到医院去了。

吞的是溴米那制剂，大概八十片。听了这些话姑且放心了。

溴米那制剂是一种安眠药，大量服用的话确实会进入昏睡状态，但它本身并不会致人死亡。与流行一时的环己烯乙基巴比土酸（安眠药名）之类相比的话，药性实在是太弱了。

一天要吃八十片左右才会导致严重中毒，溴米那制剂作为安眠药来说的话，药性并不强。

经常会有经验丰富的自杀未遂者为了吓唬对方而吞下这种药。一百片以内确实死不了，而吃了药的话又可以让对方狼狈不堪。

丽子有没有算计到那种地步呢……

主任说:"好像是因为那件事。"

但是又没有遗书,怎么能这么说呢?

医疗部会议决定暂且静观其变。

如果原因真是对截肢抱有怀疑的话,那么逼她寻死的反倒是门胁康介。因为他说了奇奇怪怪的话,使得深町丽子的心被蛊惑了。

逼她自杀的,反倒是他……

下午内科打来电话,说看情况命是保住了。这我早就知道了。

比起这个,这事造成的影响倒成了问题……

傍晚约田井品子一起吃饭。连爱抚她也提不起兴致,和"萨福"的老板娘们一起喝过白兰地后,心情终于平静下来。

傻瓜似的一天。

村形万里子的日记　　　九月四日(星期天)　　　晴

早上去医院时,四五个貌似报社记者的人围在办公室前,好像都在等二番町大夫。其中的几个人围着我们询问大夫的情况。

"二番町大夫是怎样的一个人啊?""听说深町小姐的病情并不需要截肢,却被截掉了,是真的吗?""与深町小姐有什么积怨吗?"……

什么也不是!是谁向记者这么宣传的啊?

传言真是可怕!

十点钟后主任医师一出现,立刻就被记者们包围了。

是说主任和二番町大夫做错了什么吗?他们明明努力做了手术,竭尽全力进行治疗的。

是不是那个门胁先生背地里煽动记者的呢……

如果是这样的话,那人得有多可怕啊!

二番町大夫怎么样了呢?等十点钟后休息的时候我给她打了个电话。

二番町眉子的日记　　九月四日(星期一)　　晴

因为头痛卧床休息。下午主任打来电话说记者们来了。

现在就算再怎么吵闹,腿也已经在我这里了。今天听了一整天的肖邦。

村形万里子的日记　　九月六日(星期三)　　雨

深町小姐自杀的骚乱好像终于平息了。

结果以原因不明不了了之。话说回来,由于这件事,我们科室好像总被人怀疑着什么似的。

那个传言究竟是真的吗?我问了大夫们,可他们对于深町小姐的事情全都不予以评论。

感觉有点奇怪。

四

二番町眉子的日记　　九月十五日(星期五)　　晴

秋热也消退了,终于迎来了清爽的秋风。

听说今天是敬老日,还是习惯性地想起了母亲和继父的事情。虽然是爱与恨两个极端,但我能想到的老人就只有这两个。

还有一个就是我自己晚年时的样子。

等到我六七十岁时会变成什么样子呢？"老糊涂"这个词很流行,好像许多人认为人老了以后都会变糊涂,但事实上并不是这样的。

晚年变糊涂的只有一小部分,可能连老人人数的百分之五都不到。

其他九成以上的人明显地感到自己老了,在贫困抑或是孤独中了却残生。

能变糊涂的老人还是幸福的,像这样自己头脑变得不清楚的话也就没什么问题了。而不变成那样,能够清醒地意识到自己的衰老却还不得不那么活下去,这才是老人问题的关键所在。

等到六十岁的时候,我会怎么做呢？

照这样继续做医生的话,可能会有一定金额的积蓄。到了六十岁,不管在哪儿也好,如果我还想上班的话,因为是个医生,大概能够找到工作的地方。从这点来看,我还是幸运的。

但是到我六十岁时,也就是距离现在三十几年之后,有钱没钱应该不会成为什么大问题吧。

养老金制度也开始改善了,应该只会比现在富裕,不会比现在差才是。

问题在于肉体和精神的衰老。

等老了,我那张稍有几分姿色的脸可能会比别人显得更加衰老。我会是个美丽而高雅的老妇人吗？可实际上,上了年纪是没有什么美丽可言的。如果有的话,也只是过去美丽的东西变丑陋的那种残酷美。

老了之后就应该相应变得丑陋而令人讨厌。稍微留有美丽时的影子、对年轻人满怀理解似的那些温柔之类都是没有必要的。

就算拥有那些特质,也只能做衬托年轻人的配角而已。

即使丑陋、被人厌恶,也有被人厌恶的活法。在这种位置上稳稳当当安顿下来,就能开始新的生活。

最要不得的就是半途而废。

我愿做个丑陋、坏心肠的老太婆,被大家讨厌、疏远。为什么要这样呢?因为老太婆本来就是这个样子。

和年轻人意见不合、顽固又充满自尊。认同年轻人、表现出理解他们的老人都是装的。这些人因为加倍感受到自己的衰老,才会摆出那种态度。

如同乞丐般迎合年轻人的那种劣根性使得衰老更加惨不忍睹。

老后的事,我现在什么也不期待。没想着会像现在一样被人捧在手心里,或是想要保持漂亮什么的。

人类体力的顶峰就在十七到十八岁。那些讴歌青春的二十岁的年轻人其实已经青春不再了。

年轻人的不幸在于没能察觉此事,而我们的幸福就在于清楚这些。

我一点也不怕晚年。

我想做个尽量丑陋、坏心眼、被人讨厌的老人,并且只和这样的老人悠然自得地一起生活下去。既然这么想了,那我对衰老也就没什么恐惧了。

现在的我被很多人所喜欢、仰慕,但我的本性其实并不美好也不温柔,让人看到的那些全是假面具。戴面具的生活固然不错,但表现出真实的一面不也是件挺愉快的事吗?

晚上给母亲打了个电话。

她说继父这两三天稍微有些好转。

真是要死不死!

虽然恨他,但继父大概是最像老人的老年人了吧……

话说回来,那个令人不悦的男人——门胁康介,那个固执己见的男人——门胁康介……

村形万里子的日记　　九月十七日(星期天)　　晴

美好的秋高气爽!夏天已经完全过去了。

这个夏天拥有的回忆是被二番町大夫疼爱,还有相亲的事情。

我觉得这两个回忆好像是完全相反的事,但这两件事对于我来说还算是蛮大的回忆。

下班回到家,少有地收到了两封信。

一封是母亲来的,信中还是建议我结婚。

母亲为什么那么急着想让我嫁出去呢?就好像驱赶着给她造成什么妨碍的人一样。

虽说错过适婚年龄就很难再找到合适的对象了,可这样就像是蔬菜、鱼之类非要趁着新鲜值钱的时候推销出去一样,感觉有些讨厌。但最终也许真像麻子那样回到家乡去才是正确的选择。

话说回来,我虽然想结婚,但是被这么一催,反倒想要拒绝了。听说对方还在等着回音。

真是个不慌不忙的人。明明应该放弃没有给予满意答复的女人,赶紧去找别的女孩子才是。难道他不明白什么叫委婉的拒绝吗?

可是有人需要我的这种感觉真不错。虽然有点卑鄙,但我也暗暗想着,万一有什么情况发生的话,只要回到那里去就万事大吉了。

不行！这种事如果被二番町大夫知道的话，又要弄伤我的乳房了。

话说回来，最近二番町大夫挺没精神的。虽然表面上看起来没什么变化，但感觉上心情好像有些沉重。

还是因为流言四起，给她造成了负担吧。

虽然主任医师明确否决了，但是那些以取乐为主的流言好像还是通过一部分人在医院中广为流传。

这么说来，按规定，深町小姐应该来医院进行定期复查了，但她却并没有出现。

第六章　生死

一

二番町眉子的日记　　九月二十三日（星期六）　　晴

今天下午在新宿偶然遇到了深町丽子。

她瞬间别开了脸,然后像是不知所措似的低下了头。除了走路时有点轻微地拖着右腿之外,并没有什么异常。穿着印花面料的外套和白色喇叭裤,只要站着就不会让人想到她装着假肢。

因为和村濑有希子在一起,所以我说了声傍晚一定要给我家打电话后就离开了。她的眼神中带着点怯意,老实地点了点头。

是在介意传言的事情吗？我想或许是吧。下午六点钟时,她打来了电话,说有些事要和我说,于是约好下午七点在六根木的"松浦"见面。

七点十分过去一看,她已经等在那里了。在那吃过饭后,按照惯例去了"萨福"。

她不知是不是已经看穿了我约她出来的真正意图,什么也不问就跟着来了。她说自己不胜酒力,但酒量却出奇地大。尽管如此,出了"萨福"的时候也已是双颊泛红,睡眼惺忪了。美女微醉的样子真是百看不厌。

我趁机说:"到我家来吧。"她就老老实实地跟来了。

在房间里边请她喝白兰地,边轻轻地抱住了她。

她没有反抗,就那么躺到了床上。

她在床上首次向我道歉说"对不起"。

我迟疑地问:"什么事?"

她说道:"因为他随随便便就说了不可理喻的话。"

果然,门胁康介唱的是独角戏啊。

"企图自杀也是因为这个?"我问道。

她咬着唇,说:"因为突然觉得不想再活下去了。"

是吗?因为考虑些多余的事情所以才会变成那样。现在无论说什么,已经失去的东西也不会再回来了。应该放弃一切来追随我。

"那件事是胡说八道吧?"她问道。

我沉默地点了点头,她一副终于放下心的样子自己轻轻地解开了前胸的衣服。

我帮她脱掉外套,露出淡蓝色的衬裙以及配套的内衣。真是充满情趣的安排。

只有脱掉她裤子的时候遭遇了小小的反抗。在她看来,比起胸部,被人看到腿部截肢的地方更为难堪吧。

她那一丝不挂、只安着金属皮革假肢的样子别提多奇怪了。为了让她充分感觉到屈辱的滋味,我慢吞吞地花了很长时间才取下了她的假肢。

纤细的四肢以及在一半处突然被切断的腿,这些都引人联想到失去的那部分肢体,让人感觉就好像看到了躯体雕像般那么美。

毫无疑问,这是我猎到的女人。

等一切都暴露在灯光下之后,她好像反倒有了胆量,已经没有要反抗的意思了。

那么洁白光滑的肌肤却能紧紧地吸住人的手指,让人难以放开。

被男人充分爱抚过的身体在所有的地方都很敏感。心里怎么想的暂且不说,但这身体已经是恭候已久的样子了。

美女扭动身躯的样子果然美,平时应该觉得怪异的断肢看起来也是那么的妖艳。真是不可思议……

两人嬉戏了将近两个小时。

午夜十二点钟,她终于醒了。好像骤然想起了刚才发生的那些羞人的事,低着头裹上了衣服。

回去时她说道:

"大夫真是个残酷的人啊!"

是的,我的存在就是为了让美好的东西被破坏。

之后命令她近期来医院做定期复查。

村形万里子的日记　　九月二十九日(星期五)　　小雨

今天,深町小姐久违地出现在了门诊部。做完胸部和腿端的光片及血液检查等定期复查后就回去了。

没来得及问她关于自杀的事情,但她看起来出奇地有精神。二番町大夫也非常的温柔。

明明被传出了那种谣言,难道大夫对深町小姐就没有什么看法吗?

看着看着就觉得有点吃醋了。

二番町眉子的日记　　九月二十九日(星期五)　　雨

门胁康介依然在行动。听说向医疗过失委员会提起了诉讼。我再一次和主任进行了商谈。检查室是个问题,要怎么办呢……

深町丽子与此事毫不相干。等她在医院做过检查之后就把她约到家里来了。为了驱散郁闷的心情,在她那雪白的肌肤上得到了充分的满足。

大概已经习惯了吧,反应很大胆……

结束后,深町丽子说道:"大夫真是个奇怪的人。我明明感到那么愉快,可大夫却只是目不转睛地盯着我看。只取悦了别人,自己一点都没有享受到。"

她认为奇怪,那是她自己的想法,不管别人怎样,我这样就很好。我想做导演而不是演员,想做指挥者而不是乐队。但是接下来又说了一句:

"大夫明明是个女人,却不懂身体的欢愉,和我一样是不健全的。我是身体的残疾,而大夫是心理的残疾。真可怜!"

说了多么自作聪明的话啊! 这是我的自由!

但是这话却意外地切中了要点。

我是个残疾人吗? 是个需要那样的女人来同情的残疾人吗?

她回去后,竟只留下了扫兴的感觉。

说不定,我真的是一个可怜的女人。

村形万里子的日记　　十月三日（星期二）　　晴

神清气爽的秋日晴天，心情不错。

下午听病房的病人说，有人传言这家医院给没什么问题的患者做了截肢。

是深町小姐的事情吗？我表面上虽然一笑了之，但还是挺介意的。

晚上，隔了一周后被二番町大夫疼爱。不，与其说疼爱，倒不如说大夫最近的做法更接近于折磨。

一上来就立刻又打又掐。这对我来说虽然未必算得上痛苦，却感到仿佛渐渐陷入了深不见底的泥沼般恐怖。

结束后深深地满足于那说不出来的疲倦和愉悦，但回来后却又感到莫名的空虚。

今天大夫总是时不时地陷入沉思般看向窗外。

有什么烦心事吗？

我这样下去，真的好吗？

二番町眉子的日记　　十月七日（星期六）　　阴

今年第三次飓风过境。秋色渐渐深了。

今天爱抚深町丽子时发现了一件事：她那一瞬间一边激情高涨，一边瞄了我一眼。

无礼的目光！不，那目光中有着轻蔑，是一种蔑视人的眼神。

为什么会用那么大胆的眼神看我呢？

那种傲慢源自得到过男人的宠爱并深知其中的乐趣所带给她的自信。一种"你不知道吧，但是我知道"的肆意炫耀的大胆。她一边用那种眼神望着我，一边觉得我可怜而同情着我吧。

真是无礼……

但是说不定被男人宠爱过的女人都有着她那样的自信。

母亲、有希子、麻子，还有深町丽子，她们都被男人折磨、背叛，却还在某个角落给予我同情的目光。这大概也是因为不管怎么说，自己也算知晓男人的那种虚荣心在作怪的缘故吧。

在男人面前像狗一样匍匐着、像奴隶一样唯命是从，却在某一瞬间向我投以令人吃惊的傲慢眼神，也是由于这个原因吧。

女人超越了美貌、地位、经济能力之外，是作为多么纯粹的女性物种活下来的啊！在这一点上，我觉得有值得称赞的地方。

女人不论在事业上获得很大的成功、积累了万贯家产，或是成为多么著名的学者，只要还没有结婚，到底还是存在着不被人认可的部分。

即使在工作上做得很成功，但如果只是这样，不结婚也不生孩子的话，还是会有被人看不起的倾向。

明明又穷、又丑、趣味低级，但只要和男人住在一起，怀孕、生孩子，女人就有了在家中站稳脚跟、盛气凌人的一面。

不管面对事业上多么成功的女性，只要结束了怀孕生子的任务，就会傲慢地觉得自己占了上风。

是的，这就是身为女人的全过程。被夺去处女之身、被男人所爱或是爱他、怀孕、生子。这就是女人生理的全过程。

结束了这全过程的女人比没有结束的女人有着威风之处。虽然不是很明显，但不自觉地就会显现出来。

多子又为贫困所迫、因为丈夫的变心而哭泣的女人嘴上说着："真羡慕像你一样的自由人啊！"心里却又翻脸不认人地想着自己已经完成了全过程，有着那么一种不管怎么说到最后还是自己占了上风的好胜心。

这种好胜心和女人的地位、经济能力等没有关系，是另一种生理顺序，而且身为女人，往往更看重。

这种生理顺序当然是完成全过程的女人最为威风。但是就算没有完成全过程，也是非处女比处女、了解快感的比不了解的、生过孩子的比没生过的有着傲人的本钱。

真是不可思议……

女人嘴上总是说着"还没有过男人呢""那种感觉一点也不舒服""没生过孩子"之类的，就算实际上不是那样也要摆出那副样子来隐瞒实情。

这种阴险的虚荣心面对男人时基本上不出现，却在面对女人的时候非常露骨地表现出来。

不论是深町丽子同情我这件事也好，还是不管向母亲说过多少次她都不听我的话这件事也好，都是由于她们这种在生理上所谓前辈的虚荣心在作祟吧。

我确实不了解全过程。别说是全过程了，就连一半我也不知道。我倒不是处女，仅仅只是这样而已，从那时起，一步也没有再往前踏出过。我不了解和男人在一起时的快感。

可能大家都知道那种事，偷偷地把我当作傻瓜，就算不至于当作傻瓜，也在同情我吧。

如果是这样的话……

我讨厌接受同情和怜悯。

但是作为女人活着，到底是怎么一回事呢？

是要先把自己当成一个人来活着，还是先把自己当成一个女人来活着呢？

我不是残疾。不是精神上的残疾。可如果不是那样的话,就更难办了。

晚上,金泽的康之突然打来了电话。

他说计划九月份来东京,但到现在还来不了。

我又没在这里等着他。别说等了,我都把这事忘得一干二净了。

他喋喋不休地说着由于工作原因以及继父那不容乐观的病情,所以离不开金泽之类的话。

别管说的是什么话题了,不知为什么,他的声音听起来觉得很令人怀念。明明是那个像魔鬼一样侵犯了我的男人,难道因为他是教给我身为女人全过程的第一步的男人,所以才会令人感到怀念吗?

这虽然好像与对他的憎恨相矛盾,但如果我到现在还是处女的话,说不定会在深町丽子、村濑有希子面前感到自卑,比现在的情形更加悲惨呢!

不知是不是考虑得太多了,我感到疲惫不堪。

二

村形万里子的日记　　十月十日(星期二)　　晴

今天是体育纪念日。

傍晚和麻子一起去了银座。这是和麻子最后的约会了吧。

凉风飕飕刮过,秋意渐深的感觉很明显。

在有乐街 H 商场上层的餐厅吃了晚饭。

透过窗户往外看去,还是那样人山人海的。那些人都是或恋爱着或失恋了,或喜或悲的吧。

明明和麻子两个人挤在人群当中,却感到十分孤独。

不管是两个人也好,在拥挤的人群中也好,如果不是和真正喜欢的人在一起,寂寞就不会消失吧。

久违地和麻子一起睡,总觉得很兴奋,睡不着觉。麻子好像也是这样。

突然,地铺上传来麻子的声音:

"你还被二番町大夫疼爱着吗?"

我真是大吃一惊。

"为什么这么问?"我问道。

"我知道的。"她说。

怎么可能……

可是既然这么说了,那证明她还是知道的吧。

"女人和女人,这是不正常的呀!二番町大夫为了满足自己的欲望而把你当成玩具了吧!我虽然不想说别人的事,但你还是不要再这样下去了。"她说道。

是这样吗?也许吧。

我迷惑了。

二番町眉子的日记　　十月十二日(星期四)　　晴

晚上九点钟正在爱抚品子的时候,来了个电话。

母亲哭着说继父病危。

"冷静下来!"我边呵斥她边听她说一个小时前继父突然胸口难受起来,就那么失去了意识。还说现在正打着点滴吸着氧气,医生不离左右。

她说想让我马上就过去。但如果失去意识的话,我就算慌慌张张地去了也是一样,而且现在去的话只有夜行列车了。

我说明早就坐飞机赶过去,但她不同意,固执地坚持不管怎样让我快去。好不容易才说服她答应让我明早坐飞机去。我立刻给成田机场打电话订了机票。

和品子在一起的时候说什么病危真是讽刺。当然,母亲和继父谁也不会知道我们现在正在做的事情。

我想已经通知过品子家了,品子的父亲现在怎么样了呢?

不管怎样,我就那么继续了刚才的行为。不知是不是因为知道了继父病危,我格外兴奋。

我一边想着继父现在正濒临死亡,一边沉迷于纠缠中,这样真是让人异常兴奋!终于快要结束的时候,电话又来了。

这次是康之的声音。

他说:"父亲刚刚过世了。"

我只说了句:"是吗?"

他反复道:"马上会过来吧?"

当然。我回答说:"我去。"

看了看表,十一点半。

我那令人作呕的青春回忆的其中之一终于消失了,但是一股如潮水涌退般的空虚却袭上心头。

为什么……

品子回去后,我只是呆呆地喝着白兰地。

好寂寞啊!

三

村形万里子的日记　　十月十四日(星期六)　　阴

麻子坐晚上十点的夜行列车回去了。我送她到上野。

我们约定即使分开了,也要相互通信。人常说女人间的友情不会长久,我们偏要保持给人们看看。

我看着麻子从车窗里向外挥手,突然感到很孤独,就快要哭出来了。麻子也是相同的心情吧。两人握着手低下了头。

"再见了!"随着手不停地挥动,麻子渐渐远去,最后只能看见红色的车尾灯在黑暗中朦朦胧胧地闪着光,不久就连这个也看不见了。

终究还是回去了。

可是真正的孤独是在送完麻子返回房间之后开始感受到的。麻子的行李一拿走,整个儿显得空荡荡的,房间好像一下子变大了。

想了想,这样一来我和麻子在一起待了两年,再加上培训班的日子就是四年。

我和麻子在某种意义上就像夫妻一样。麻子开朗、进取,做什么事情都很积极;而我畏首畏尾、处事消极,和她正好相反。可能正因为这样,我们的关系反而能处得好。

话说回来,连那么积极开朗的麻子最后也要在家乡找个人相亲然后安定下来吗?

像我这样没什么可取之处的女人,说不定适合相亲结婚,但麻子就有点可惜了。

心里想着这件事,我忽然想要给母亲写封信,最后终于说出了"我想要不就结婚吧"的真心话。

我想母亲看了这封信一定很高兴,但到底要不要寄出去呢?

之所以会写这种信,是因为麻子不在了,突然变得懦弱起来。要不等到明天再看看情况吧。

如果明天想法没有改变的话,我就决定把信寄出去。

因为没有明确写明要和那个人结婚,所以没什么好担心的。总之,我如果不多少表现出一点有诚意的样子,他去找别人的话就麻烦了。

明明不想立刻结婚,却做出一副想结婚的样子来,想想我也真是由着性子胡来呀!

二番町大夫由于父亲去世,昨天回金泽去了。

听说大夫没有兄弟姐妹,只剩下了母亲一人。这母女二人今后怎么生活下去呢?

当然,她家和我家不同,是有钱人家,所以经济方面不需要担心,但是大夫还想就这么一直单身下去吗?

大夫不知道我还是倾向于结婚的事吧。

写这封信的事情必须要向大夫隐瞒下去。

二番町眉子的日记　　十月十四日(星期六)　　阴

在清源寺守灵。

来了许多亲戚。有见过一两次的,大多数都是初次见面,他们全都装作没见过我似的看向我这边。

"因为你穿丧服的样子实在是太美了!"康之悄悄地说。

但不只是这样,他们兴趣的根源在于我是田井康太郎的女人带来的女儿这件事。美不美什么的都是建立在这个基础上的。

我不会输给他们这种视线,我必须要让他们知道这里有一个女孩子堂堂正正地活着。展现我的存在,换句不好听的话说,也就是表明母亲的存在,同时也是在揭发继父的丑恶面目。

话说回来,继父变得多么渺小了啊!过去穷奢极欲地过日子,得心应手地玩弄着十几个女人。这样一个男人现在被孤零零地收在一张长宽一米大小的四方照片里。

他穿着西装,一副成功人士的样子,昂首挺胸。这是过去逼近我的那张脸吗?那粗鲁的肩膀推倒了穿着水手服的我,而那向外翻起的厚嘴唇想要覆住我的嘴。

真是滑稽……

不,是难以置信。

不管怎样挺起胸膛、瞪着眼睛,照片上也已经没有任何魄力了。那种淫荡的、让人烦闷的憎恶感也不存在了。

看到的只是瘦小、顺从、滑稽。

是因为已经死了吗?还是因为这是晚年的肖像呢?不,也许照片能出人意料地表现出那人真正的本质。

他说不定是个意想不到的温柔的男人呢。

晚上在守灵的座位上,品子的父亲对我说:

"我女儿那家伙总是去打扰你,真是为难。"

为难是什么意思呢?既然说是打扰,那应该是我感到为难才对,但那说法却像是他自己在为难。

果然还是知道了我们之间的事情吗?

我比母亲先行一步。

两小时后母亲回来了。

她说根据遗言,好像这间房子和定期存款的三千万归在了母亲的名下。

"听说财产没有预想的那么多呢。真是给我们留下了不少。"

母亲只能拿到房子就一副心满意足的样子。怎么说也是田井康太郎啊，明明不会只有这么点遗产的。别说现金了，土地、山林什么的加起来也该有巨大的金额，但这些好像已经归到康之他们那些孩子的名下了。

"听说房子虽然是给我的，但钱是给你的呢。果然是疼你的！"

给我三千万吗？

给少女时代侵犯过的继女三千万吗？不管多少，总之，继父是想用这些钱来解决那件事吗？

比起这些，那时给我造成的心灵伤害要怎么补偿呢？

从那之后，我就不能再尊敬男人了，不，是不能再爱了。在男人面前不能做女人，不能像许多女人那样抛开自我被爱。

就如深町丽子所说的，变成了不能沉醉于愉悦的残疾，这一切不就是从那时开始的吗？

那件事和被康之强行侵犯的事情有着密切的联系。这两件事，是我青春期性的全部。

我对男人的看法总是回到那里。那带有火药味的浓厚而粗重的喘息、那凹凸不平的触感、那淫靡的笑声，这些加起来就是我对男人的印象。

从那之后我就不想被爱了。

那种像野兽一样的东西是不会爱我的。用温柔的语言接近你，装出绅士一样的态度，这一切却全都是为了满足那暴力的兽欲。男人为了那个目的，全都戴着面具。所以我也要戴上面具。

但我如果是男人的话，绝不会做出那样的事，不会做出那种野兽般粗暴自私的事。我要一边温柔地拥抱着对方，一边冷酷地注视着她。这是我心中理想的男人形象。

做个美丽而冷淡的白色猎人,这是我的愿望。

检查报告书的事情……

又想到郁闷的事了。没关系的。应该忘记!

村形万里子的日记　　十月十六日(星期一)　　阴

久违地被二番町大夫疼爱。和平时一样,没什么奇怪的地方,但总觉得大夫没有精神。

到目前为止,无论是被疼爱,还是被冷淡地推开,大夫都是很专注的。但是今天晚上却时不时地像没了兴致似的,忽地抽回手去,一副心不在焉的样子。

不同于只是累了或没了耐心,而是让人感到有什么地方很空虚。

果然,父亲去世的事情还在影响着她吧。

"你的父亲是个什么样的人啊?"大夫之所以会少有地问起,也是由于失去了父亲而感到孤独的缘故吧。

"我父亲不怎么说话,却是个温柔而又能够依赖的人。"可能是因为心里还残留着父亲的影像吧,我到现在比起能说会道的人来,也还是喜欢沉默寡言又有包容力的人。

这么一说,大夫沉默地听着,说了句:"真是幸福啊!"

这句话中充满着真情实感。

大夫的父亲是个怎样的人呢?因为大夫从不说起家里的事,所以一点也不知道。

明明是个了不起的家庭,为什么不提家里的事情呢?就算问她,大夫也都只是回以微微一笑。

这之后,像突然想起来什么似的,大夫说道:

"如果我辞掉医院工作的话,你怎么办?"

"要辞职吗?"我大吃一惊,问道。

"嗯哼。"她说着,微微一笑。

怎么回事呀!最近大夫确实有点奇怪。

就算被疼爱,也能一下子知道大夫好像在考虑着什么事情一样。

因为明天是晚班,所以不用匆匆忙忙的了。晚上给麻子写了封信。

麻子走了之后,内科的大原护士住了进来。在护士学校时比我低一届,说过两三次话,除此以外就没什么交流了。

今天是一起生活的第五天。经常有电话来找她,之后她就会化个妆匆匆忙忙地出门去。麻子虽说已经够爱玩的了,但大原似乎是有过之而无不及。

大家都有恋人啊。我再不积极点的话……

四

二番町眉子的日记　　十月十八日(星期三)　　晴

中午被主任叫了过去。他说深町丽子的事情,还是不可避免地要被起诉到医疗过失审查委员会去。

他问道:"没问题吧?"

应该怎么回答呢?总而言之,现在只能遵从决定。

傍晚在银座遇到了品子。买完东西后一起去了 M 会馆三楼的西式小餐厅。

品子说明年就要去巴黎了。

听说品子父亲的朋友在法国航空公司工作,托了那人的关系去巴黎的设计学校学习。

她满不在乎地说道,法语是在专门学校学习的,虽然只是漫不经心地学了学还没有完全掌握,但因为是住在日本人家里,所以应该没有关系。

"但是要和姐姐分开,心里真难受……"这话倒是挺受用的,但我知道她的心早就已经飞到巴黎去了。

这个小东西,自作主张地算计着。

不,说不定这是品子父母的主意。

好像品子的母亲读过女儿的日记后知道了我们的事情。之前守灵的时候品子的父亲讽刺我时说的也是这件事吧。大概是为断了我们之间的关系,才决定暂时把女儿送到巴黎去的。

我这么一说,品子考虑了一下后反驳道:"但我认为不是这样的。"

我追问说哪儿错了,她也说不出什么根据,只是单纯这么认为。她又是这样,根据状况信口胡说给出不痛不痒的答案。

"这次还不找个蓝眼睛的男孩子?"我讽刺说。

"姐,你才是已经找了接替我的人选了吧!"她撒娇道。

我知道。品子终归是个会逃走的女人。那样是做不了真正的同性恋的。

为什么这么说呢? 因为比起爱人,她的性格偏向于被人爱。不是那种看看对方的反应来感受愉悦的类型。一尝试快感就那么迷失了自我，埋首于此。这种是真正的女人。

明明是这样，却一时被我所爱，而这也只是因为被女人疼爱既安全、又舒心的缘故吧。

但品子是个终归会离去的女人，只是由于巴黎之行而将其稍微提前罢了。

话说回来，就这么毫发无伤地让她离开吗？如果想逃走的话，那就必须得给予她相应的报复。

什么报复呢……

吃过晚饭之后来到了房间。这个小东西到底还是要选择逃跑啊！不知是不是因为这个想法，我的激情燃烧了起来。

比平时都要尽心地折磨她。

十点钟时，品子说了声会被妈妈骂的，就匆匆忙忙地要回去。

"我不会就那么放你去巴黎的！"

最后接吻的时候，我在她耳边轻轻地低语。

剩下我一个人后听了巴赫的曲子。

总觉得不能平静，身体的什么地方不明所以地空虚着。

虽然生理期快来了，但我想不只是因为这个原因。

还是因为那件事吧，像蛇一样纠缠不休的门胁康介。

但也只能顺其自然了。

或者说，这种不安是源自继父的死吗？我原以为他是生是死都和我没关系，是我太过于草率了吗？

继父——我所痛恨的对象消失了。说不定我正是由于对继父的憎恨才能活到现在的。

之后剩下的就只有康之了吗？

母亲一个人住在那么大的房子里,要怎么办呢?或是接来这边,或是我搬回去,必须还得和她商量一次。

总之,不可否认的是,周围的事情都在急速地变化着。

深夜,深町丽子打来了电话。

她说没什么大事,睡不着就打了个电话。正好这个时候我也睡不着。

"门胁说过要起诉大夫,但这件事和我没有关系。我不相信那种事。我说过想让他停手,但他非要坚持。实在是对不起!"她说道。

可爱的小宝贝啊,忠诚的小宝贝!可是你的忠诚也许也持续不了多久了。

村形万里子的日记　　十月二十九日(星期天)　晴

星期天下午启程回老家去了。

我自己也不清楚为什么会突然想回家,但事实上是有点担心和今野先生的事情。

由母亲牵线,又和今野先生见了一次。

我挺狡猾的,一个劲儿地归咎于母亲,说什么"妈妈真是自作主张"啦,"强人所难"啦,表面一副不情愿的样子,却又去和他见了一面。

可能因为是第二次了吧,他比之前能说了。试着和他聊了聊,还挺愉快的,是个令人开心的人。

我们开车去了佐久间水坝的上流兜风,红叶已经落了些。虽然有点冷,但天气晴朗,风景优美。昨天他把我送到滨松,非常亲切。

人不试着交往一下,果然是不会了解的。

他说这个月末要来东京。如果是东京的话,那我就能做向导了。

想着被人所爱,是件多么令人内心充实而又高兴的事啊!

女人也许果然还是应该结婚的。

不,绝对是这样。二番町大夫所说的话有些不合理的地方。光听说话似乎是正确的,但总觉得哪里不对。

男女之间的爱不是无稽之谈。而且与此相同,结婚组建家庭也不是什么无稽之谈。

就连现在的这种非常充实的感觉也不是无稽之谈,而是来自其他什么地方。

人类果然还是注定要一男一女成对栖息的啊!

还是找个机会把这事向二番町大夫问问清楚吧。只是问问的话应该没关系吧。

但是我的想法改变了吗?如果改变的话,可能会被二番町大夫看穿的。

晚上和大原谈了关于结婚的事。

大原也说女人最大的幸福就是结婚,但条件必须是和喜欢的人。

我喜欢那人吗?不知道。但是看我想了那么多,说不定有点喜欢上他了。

"女人不管多大年纪,如果不爱男人的话就完了。"大原说。

根据她所说的,有了喜欢的人,女人一定会变美。如果是为了变美的话,比起奇奇怪怪的化妆品和美容保养来,还是谈恋爱更好。

我过去多多少少有点明白,但听大原一说就有了真实感。

明明比我小,一说这种话,看上去就比我老成多了。

大原现在一定在谈着一场轰轰烈烈的恋爱。如果不是这样的话,应该说不出那么有自信的话来。

终章

一

二番町眉子的日记　　十月二十九日（星期天）　　晴

虽然是晴天，但风很大。已经有了寒风刺骨的感觉。不久就到冬天了吧。

近午才起。在床上看报纸的时候，村濑有希子打来了电话。

她说虽然吵了那么多次，但两人还是重归于好了。

又说尽管他又花心又任性，但如果抛弃他的话，那人就没法活了。虽然有了外遇，但念在他跪着道歉说"以后绝对不这么做了"的份上，就应该原谅他吧。

说什么呢！这种事已经重复过多少次了！

那样憎恨、咒骂他，现在突然说因为男人跪地求饶就原谅他，这叫什么事啊！

这么一来也太没有节操了吧！以前那么恨男人都是假的吗？

边骂着要杀了他边留下的眼泪是假的吗?

女人的眼泪本身就证实了她是在说谎。

有希子说她当时是认真的,又说现在原谅他也是出于真心。

总而言之就是说,之前和现在的想法改变了。

或许是这样。正如她所说的吧。

可只因为是个女人,就那么轻易变节吗?就那么容易改变主意吗?

而且改变主意的理由就只是因为男人跪下道歉……

是不是如果男人跪下道歉,就什么都可以原谅他呢?有希子的愤怒也就只是这种程度的东西吗?因为这么点愤怒,就那样哭泣悲伤,把我叫出来抱怨个没完吗?

真想让她懂点分寸!我可不是那么闲着没事干的人。

有希子说对他的感情接近于母爱,说男人依赖自己。

这些都不是今天才开始的吧,而且如果是这样的话,他就算花心,有希子也不应该会慌张的呀!

因为男人下跪道歉就突然改变主意原谅他,而且还把它当作什么重大事件一样拿来津津乐道。

这种若无其事的改观算什么?这种毫不知羞的态度算什么?

因为是女人就可以被允许这么做吗?女人就没有羞耻心,没有骨气吗?女人就没有责备自己失节的严肃性吗?

到底是什么让女人这么不知廉耻的啊!

是女人这个性别吗?不要!我不要成为这种性别!

不管被男人爱抚有多安逸多快乐,我也不愿变成那么不知羞耻的女人!

她最后说道:"现在要去御茶水和他见面。"

去吧,去吧!那种善于应对的男人和恬不知耻的女人见面、谈笑风生、吃饭去好了!

我说了声"随你的便",就挂断了电话。

又一个人离我而去了。

被男人这种看不清本来面目的动物勾引走了。

有希子不会再回来了。即使去了男人那儿再回来,也只是为了一时解闷而已了。

下午稀里糊涂地看着电视。虽然天气晴朗,但我一点儿也不想出去。

傍晚时分,大厦的尽头罕见地能看到晚霞满天。关上电视后非常寂静。

不知为什么,周围的人都一个个离开了我。而且,某种特定的危险临近了。

我好像坠入了更为确切的孤独中。

这种生存方法果然还是有极限的。

但是……

村形万里子的日记　　十一月二日(星期四)　　晴

因为感冒,我昨晚一整夜都没有睡着。

但没睡着不光是因为这个。今野先生直接追问我的答复,而我不知道要怎么回答他。

我和大原商量了一下,她说当然是结婚好了。

按她的话来说,女人的幸福还是在于结婚。就算要去乡下,就算对方不怎么令人满意,也都不是什么问题。

"你想想呀,像护士长那样,因为三十多岁了还是单身一人,就必然会被人背后说成是歇斯底里的老太婆吧?而且女人上了年纪还是一个人的话,就只能去养老院。何况生病时只有一个人,总会心里没底。女人还是结婚好啊!"

我非常明白大原的话。母亲大致上说的也是这么回事。可是我讨厌把结婚说成是为了晚年的安心、有什么好处之类的事情而去做。

这么一来,不就像打小算盘一样了吗?

我说出了这个想法后,大原笑了起来。

"说什么呢!男人女人不都在打小算盘吗?男人怎么抓住好女人,女人怎么抓住好男人,大家不都是为了这个目的在拼命努力吗?正因为这样,错过了好人选就会哭鼻子,而抓住的话,就会兴高采烈呀!"

大原想的事或许是真的,但我不能充分理解。

我还是不愿两人没有爱就结合在一起。

"这种事我明白。又有爱情、对方又优秀当然是最好了!但是你没有别的人选了吧?虽然你好像不怎么喜欢那个今野先生,但姑且把他当成老公也还说得过去吧。如果是这样的话,当然应该结婚了!明明又没有其他男朋友,说什么任性的话呀!"

我生气了。为什么能够一口咬定我没有男朋友呀?

就算是我,将来说不定也会有什么好人选出现的。比今野先生更好,就像王子一样。

真是傻!一下子就做起梦来了!

虽然想和二番町大夫商量商量却没办法张口。现在我最亲近的人就是大夫了,却不能和她商量最重要的事情,真是令人伤心。

实在想不出办法,深夜给麻子打了个长途电话。

"怎么了？现在这时候打电话？"传来了麻子睡得迷迷糊糊的声音。麻子也说还是结婚好。

"就算有诸多不满，但女人如果结婚的话，还是挺能因此安定下来的。如果事态发生变化，就视情况安顿下来，寻找幸福、适应那个环境，我认为女性还挺有这种能力的。"

比起大原来，麻子的意见委婉一些，更容易接受。

就像她说的那样，结了婚的话，说不定我会意想不到地安顿下来，边和娘家来往着边能过得很高兴呢！

这样看起来也未必不好，可是……

可是我可以和他在乡下一起白头偕老吗？我没有信心。

二

二番町眉子的日记　　　十一月十五日（星期三）　　阴 西北风

今天正式接到了医疗过失审查委员会的联络，要求我们提交病例和光片。

主任先看了一遍。

他指出只有病例上记录着恶性三级，而没有附上检查室的回复。

我回答说，回复当时看完后就找不到了。

主任说，检查室应该留有存根。大概有吧。

晚上为了驱散沉重的心情，叫来了深町丽子，疼爱了那个想要将我逼入穷途末路的当事人。

当然，她本人并没有这个打算。

总之，这种想法成了障碍，让我开始时不能充满激情，但中途起反倒变成了一种刺激,使我激情高涨。

精疲力竭后昏昏沉沉地睡着了。再睁眼时,已经是凌晨两点钟了。

还在沉睡的她眼睑上有着淡淡的阴影,不知是爱抚的疲倦还是病情的反应。

看着看着被她察觉到了,叫了声"姐姐",凑过来抱住了我。终于抛下所有的男人来亲近我了吗?

但是,有些为时已晚了……

不管周围的人怎样,只有这个女孩对我坚信不疑。她的善良变得可悲。我盯着她看了一会儿,她突然睁开眼睛问我:"怎么啦?"

一张什么也不知道的天真烂漫的脸庞。

继父死前也是以同样的表情问我的。

过了一会儿,丽子像是想起什么似的,告诉我说,村形万里子可能要结婚了,前几天在医院见到时听说的。

连万里子都要背叛我吗?我那么照顾、宠爱过的女人……

女人果然是不能相信的。不,我从一开始就不相信女人。因为不相信,所以一直以来才只渴望她们的身体。女人的心是不能相信的,但是身体却可以信任。

是受了麻子的影响吧。这段时间万里子的视线从我身上逃开就是由于这个原因吗?

那个乡下姑娘,我那么宠她、教会她愉悦,这样不够满足吗?这样吃不消了吗?比起这些还是更重视和男人之间的关系吗?

这样的话,一般的惩罚难解我心头之恨。

品子虽然也必须受到惩罚,但是妄想投奔到男人身边的万里子,罪孽更加深重。

丽子问:"大夫,您生气了吗?"

深町丽子果然知道我和万里子之间的关系。

"大夫看村形小姐的眼神和村形小姐看大夫的眼神都不一般。"她说。

被男人女人都爱过的丽子果然感觉敏锐。

"从今以后,请大夫只宠爱我一个人吧!"丽子说道。

虽然猎物最终落到了我的手里,但不久你也要逃走了。

晚上母亲打来了电话。

她说她很寂寞,希望我能回去,说着说着就哭了起来。失去了继父这个男人,感觉母亲一下子衰老、精神恍惚了。

和男人退休一样,母亲失去了继父这个暴君,就失去了活下去的精神支柱了吗?

或许作为母亲的生存价值和支撑我恨意的继父不是个坏人,而是个善人呢。

我暂且决定过年时回去安慰她一下。

母亲的事情必须要解决一下了。还有我的事。感觉许许多多的事情一下子涌了过来。

三

村形万里子的日记　　十一月十八日(星期六)　　晴

今天是重要的一天。

昨晚我整晚没睡一直在思考,最终决定和今野先生结婚。

我在回信中明确地写道:"请您娶我吧!"

把信寄出去的时候,我想这样就定下了,再也不考虑其他事情了。只想着和那人结婚,不会再回顾过去、左右观望了,只要笔直地前进。

和给今野先生的回音一起,也给母亲和麻子写了回信。

终于定下了。

我决定嫁到乡下去,和平凡的上班族结婚,被丈夫疼爱、生儿育女。虽然平凡,但对于没有什么特殊本事的我来说,也只能这样了。

可是二番町大夫却对我说:"明天到我家来。"语气强硬,不容反驳。

我的决心被二番町大夫看穿了吗?

不会吧……

话说回来,时机也抓得太好了。大夫命令我的时候,眼中确实有着怒气。

会问我些什么呢?不,会对我做些什么呢?但是又没有理由不去。

原谅我吧!

这阵子的二番町大夫总感觉情绪烦躁,有点可怕。

二番町眉子的日记　　十一月十八日(星期六)　　晴

早上被主任叫去了。

他说根据医疗过失审查委员会的通知,证实了关于深町丽子的巨细胞瘤,检查室的报告内容和病历卡上的记录事项不符。

主任问道:"这是怎么回事啊?"

我只能回答:"可能是写错了吧。"

"你认为这样就没事了吗?"主任突然站了起来,激动得脸色苍白。我不知道有没有事,但不管怎样,我只能这么回答。

他又说:"如果这样的话,事情就严重了。真的只是单纯的笔误吗?"

对不相信的人,就算再说其他的也没有意义。

如果这样的话,那就随便按照主任及对方的想法来解释吧。

晚上,脑海中自然而然地浮现出一首歌。

> 我是猎人,白色猎人。
> 戴着名为美貌的假面,
> 穿着名为虚伪的衣衫,
> 今天也要将猎物追寻。
> 幸福、美丽与诚实,
> 横行于世的这所有,
> 我都要将它们猎走。

> 我是猎人,白色猎人,
> 戴着名为智慧的假面,
> 穿着名为憎恶的衣衫,
> 明天也要将猎物搜寻。
> 温柔、善良和希望,
> 招摇过市的这所有,
> 我都要将它们猎走。

是首挺不错的曲子。

四

　　村形万里子的日记　　十一月十九日（星期天）

　　今天，我看见了恐怖的东西。难以置信，但确实如此。没错，那是人腿。

　　晚上大夫叫我去了她荻洼的公寓，追问我结婚的事情。我坦白说了。于是大夫就用鞭子抽打我，之后爱抚了我。

　　到目前为止都没有过如此激烈地抽打过，我整个背上都起了红道子。但这样还算好的。

　　之后大夫突然命令我去床上躺着。

　　要对我做什么呢？我不安起来。但想到如果反抗的话，又会遭到痛打，就照她所说，将脸埋到床上。

　　大夫说："就这样不要动！"从壁橱里拿出了什么东西后就去了饭厅。

　　我那么等了一会儿，但大夫还是不回来。我撑起上半身环视四周。

　　大夫站在厨房前面，好像在做着什么。

　　我不知道她怎么了，站起来想要过去看看。就在这时，突然看见前方两三厘米处敞着的壁橱深处，有什么东西在发光。

　　大夫就这么大敞着壁橱倒真是罕见。

　　是什么呀？我无意中窥视了一下，那一瞬间，竟看见了意想不到的东西！

　　因为是在昏暗的壁橱中所以看不太清楚，但我确实是看见了。

　　白色的瓶子中飘浮着什么东西，好像是人腿之类的。

　　瓶子细长，大概将近一米左右，中间装着一条白色的腿，轻轻地弯着膝盖,以仿佛就要向前迈出的姿态站立着。

一瞬间,我感觉那里藏了一个人,一个赤着白皙玉足的女人就躲在壁橱里。

因此我不禁大叫出声。不知是叫的"啊"还是"呀",总之我就那么用双手捂着脸,瘫坐在了壁橱的前面。

理所当然地,大夫从饭厅跑了过来。

大夫冷不防地问我:"出什么事了?"随后立刻剧烈地晃动着我的肩膀,抬起我的脸问道:"你!看见了是吧?看见了是吧?"

"看见的话就老老实实地说看见了!"

她抓着我的头发,按着我的肩膀。我老老实实地点了点头。

她问我:"看见了什么?"

我答道:"白色的像腿一样的东西。"

她叹了口气,过了一会儿松开手站了起来,说了一句:

"那是深町小姐的腿啊!"

到底是怎么一回事啊!我一时之间不能理解,大夫却不再做进一步解释了。就那么去了饭厅,拿来了像是刚刚消过毒的镊子和手术刀之类,对我说:

"发誓绝对不和别人说!"

不知大夫要对我做什么,我很害怕,答了声:"是的。"这么一说,大夫又道:"那么还像先前一样!"让我又摆出了趴着的姿势。

我不能忘记她在那里对我所做的事情。

即使脑子忘记了,只要我还活着,那个记忆就会永远残留着。就像红字那样,在身体上烙下了印记。

我趴着,大夫抓住我的耳朵,用锋利的手术刀划了个伤口,然后用细细的金属针刺穿了我的耳垂!而且并没有进行麻醉!

因为实在是太痛了,我哭叫起来,身体扭曲着,缩着脖子。

而大夫手上的力道非但没有减轻,反而更加强烈地弄开我的耳洞。

"马上就好了!就算用麻醉,打针时更疼呢!"

一边这么说着,一边强行用金属针穿透了耳垂。

"不要!请救救我!"

我叫喊着,但事实上只是出个声音、扭动身体而已,还是照她所说的那样做。如果真想逃的话,明明可以摇晃脑袋、捂住耳朵的。

不知是因为心中不知不觉地萌生出了受虐的快感,还是因为被割伤前见到壁橱里的白色肢体而感到恐惧。我又哭又叫、不停哀求,而那宝贝耳朵却还是老老实实地伸到大夫的手里。

之后又过了十分钟,那惩罚性的手术才结束。

"结束了,看看吧!"

大夫拿着镊子和手术刀又到洗物槽那边去了。我捂着火辣辣疼的耳朵悄悄地照了照镜子,看见耳朵上垂下了红宝石耳环。

"虽然时间不长,但这是你曾做过我奴隶的标志。"

大夫穿着她喜欢的那件紫底配上极乐鸟花纹的睡袍,吸着外国香烟,微微笑了。

"那这红宝石呢?"

"当然是送给你了。穿个耳洞也要花两三万的,所以就忍着点疼吧!"

我心情沉闷,只能点头。

之后又向我强要了长时间的服务,激烈地爱抚了我,最后终于放我自由了。

看到那腿、做了手术、被爱过以后,我的身体已经疲惫不堪了。

但是当我回去的时候,大夫说了一句:"也许不会再见面了呢!"

我问道:"为什么呀?"可大夫只是微微地笑了笑。

我虽然已经下决心要结婚了,但这还是以后的事啊,大夫已经决定不再见我了吗?

"发生了什么事吗?告诉我好吗?"

我这么一说,大夫的脸色忽然变得冷冰冰的,说了句"好了,回去吧",把我送到了门口。正要回去时,大夫一脸孤独地说道:"再见了。"

这段时间大夫果然很奇怪……

二番町眉子的日记　　十一月十九日(星期天)　　阴

下午七点钟,万里子如约来了。

她窥伺着我的脸色,一副不安的样子。一看她的态度,我就已经明白她隐瞒了背叛我的事情。

让她稍微喝了点白兰地后,夺去了她的吻。

万里子好像迫不及待的样子,自己伸出了舌头。高超的吻技,这也是我教的。之后乳房的反应也全都是我教的。

一想到这些,我突然生起气来,愈发折磨她了。

我要了她两次,等她到达极限后,让万里子趴下,在她的耳朵上穿了耳洞。

我在给手术刀消毒的时候,她好像看到了壁橱里深町丽子的腿。

她发出了夸张的惊叫。

既然看见了,就不能饶了她。我立刻让她趴下,拿起了手术刀。

刺穿的那一瞬间,她又尖叫起来。但是头却不动,坚持忍受着。

虽然出了点血,但顺利地结束了。我把准备好的红宝石耳环给她戴上。

"戴着它到你喜欢的男人那里去吧!"我这样说着放她自由了。

虽然获得了自由,万里子却还是把脸埋在床上不停地哭泣。

"大夫,对不起!我绝对不会忘记大夫的!"

万里子这么趴着诉说道。

真是多余!女人的话决不能信。对女人来说,身体比语言更可靠。因为在她的身体上留下了痕迹,所以她不可能会忘记我的!

贯穿耳垂中央的红色耳环真是可爱。看着它,我又一次疼爱了万里子。

十二点钟,万里子回去了。

她的表情心满意足,有点害羞又有些放心。

最后小声嘀咕道:"我会待到明年三月份,能再见见我吗?"

不可能了!变为男人奴隶的女人,和我已经没有关系了!

五

村形万里子的日记　　十一月二十一日(星期二)　　晴

耳朵终于消了肿,按压它已经不会痛了,但是耳垂上留了一处黑色的孔。之前大夫的折磨方式真是太过分了!那不是爱,而是恨!

看见大夫拿来手术刀的那一瞬间,老实说我还以为会被杀了呢。真可怕!

但是这么一来,终于得以放我自由了。

回来的时候,大夫清清楚楚地说了声"再见"。

这样的话已经不能再请大夫疼爱我了吗?一想到这里,寂寞立刻袭来。不知不觉中,我的身体已经离不开大夫了吗?

但是无论如何,现在不和大夫分开是不行的。大夫虽然美丽温柔,但是那底下却埋藏着恶魔般的冷酷。

大夫让我疯狂、挣扎,却一动不动地凝视着我。对我做着那样的事情,大夫自身却没有获得丝毫快感。

大夫虽然是女儿身,却有着一颗男人般的心。

单看大夫美丽的外表,谁也不会想象到这种事吧。为什么大夫会变成那个样子呢?

我对着镜子,试着戴上大夫送我的红宝石耳环。

这是身为二番町大夫奴隶的标志吗?这么说的话,深町小姐也被戴上了这样的耳环吗?

充满令人厌恶记忆的耳环。但是我为什么不想把它摘下来呢?一是害怕摘下,二是觉得摘下它就对不起大夫了。

二番町眉子的日记　　十一月二十一日(星期二)　　晴

中午门胁康介和深町丽子的母亲来访。

在主任办公室激烈地责问了我和主任医师。

他们说把巨细胞瘤一级当成恶性三级,将原本不需要截肢的腿截断,这个过失太重大了,使年轻有才华的芭蕾舞演员变成了废人。为了弥补给其所造成的肉体、精神伤害,要提起诉讼,索要金额高达一亿元的赔偿金。

据说如果被告知这件事情的话,深町丽子有可能会发狂,甚至自杀,所以还没有告诉她。是的,丽子就是要永远纯真美好。

主任说:"因为主治医生不小心错将一级看成了三级。"只是一味地低头认错。

门胁先生问道:"你没有责任感吗?"我无言以对。无论怎么说,也不能使他们明白我为什么会产生给那女孩截肢的想法。

门胁先生继续说道:"犯下这种失误,你还能做得成医生吗?"先不管做不做得成,我想说"那不是个失误",张了张嘴却又止住了。

因为我是有意这么做的,所以那不是个失误。

之后主任对我说:"说不定会发展成关系到你身份的重大问题。"

也许吧……

既然所有事情都清楚了,到了现在慌张也没用。

晚上与深町丽子见了面。这个女孩仍然什么也不知道,一副天真烂漫的模样。连腿被人故意截掉也不知道,这个遵从于我的小东西啊。

我从这里得到了一种伪善的快乐。

在丽子的耳垂上和万里子一样打了耳洞。

她开始时吵吵闹闹的,中途起好像死心了,比万里子懂事。

我也把同样镶玉的红宝石耳环送给了丽子。

耳垂上有耳洞,戴着红宝石耳环,这是我侵犯过的女人的证据。

不管去到哪里,耳垂上也留有痕迹。和男人亲热也好,和我分开也好,那个痕迹是不会消失的。这是任何男人也触犯不了的、只属于我的秘密场所。

晚上,母亲打来了电话。

问我年底什么时候回去。我回答说现在还不清楚,但会尽早回去的。

变得无事可做的母亲把所有注意力都转移到了我的身上。这是没有任何情趣爱好、只对男人竭尽全力的女人的下场。

竭尽全力的那一方倒还好,可对于被关照的男人来说,或许反倒是个麻烦。

虽然被尽心照顾着,但是说不定继父就是个受害者。

村形万里子的日记　　十一月二十五日(星期六)　　阴

今天和主任也说了做满今年一年就辞职的事。主任问:"结婚吗?"然后就笑了。我小声回答道:"是的。"

听了我的回答,主任不住地点头称:"这样好,这样最好了。"

主任的想法好像也和母亲一样。

今年年底辞职,从过完年到春天在家里一边帮忙做做家务,一边学习花道茶道之类。在宿舍稍微学过一点花道,但还远远没有自信。母亲好像连家乡的花道老师都已经决定好了。

她说计划过了年赶紧把亲定了,到五月份左右结婚。

我对此虽然没有异议,但我真的能做人家的妻子了吗?虽说是自己的事情,但还是没有真实感。

一旦决定结婚了,就开始觉得离开东京有些恋恋不舍。总感觉有什么重要的东西忘在了那里。

如果自己就那么一直单身的话,又会后悔没有结婚吧。总而言之,人也许总是会对自己没有选择的那条路依依不舍。

但既然决定了,就不应该闷闷不乐。不管怎样,只能向前走下去了。工作是这样，朋友是这样，还有二番町大夫也是如此……

对了，深町小姐的事情好像果然是二番町大夫的失误。听说检验室送来的报告书上写的是一级，却看走眼错写成了三级，在病例研讨会上也是那么报告的。

而过失委员会询问了检查室，用显微镜检查了残留标本后证实果然为一级。

话说回来，报告书上明明清清楚楚写的是一级，为什么会看错呢？那么冷静的二番町大夫，简直让人不敢相信！

听尾高大夫说，视情况而定，二番町大夫可能会辞职，或是被吊销医生许可证。

那个美丽、温柔的大夫不能再做医生，这太可怕了。难以置信！

说不定这次的事情和我也有关系呢。因为我对大夫太任性了，大夫才会不小心犯下过错的吧。

神啊！请救救大夫吧！

大夫会犯下这种过错，不管谁会说什么，我也不会相信的！

六

二番町眉子的日记　　十二月三日（星期天）　　阴 大风

我在低沉的宛如电话铃响似的声音中醒来，十点。

外面有点阴，刮着干风。

从窗户往外看去，由楼下摇晃着的梧桐树枝可以推知风很大。

可能因为是星期天的缘故，住宅街上显得很悠闲。我穿着睡袍就起了床，喝了杯咖啡又睡下了。

再次醒来时已经是正午了。风还是那么大。随着年末将至,也许一种终结也向我迫近了。

迷迷糊糊的午后,深町丽子打来了电话。

她冷不防大叫一声:"杀人犯!"接下来声嘶力竭地骂道:"我恨你!""一辈子诅咒你!""人面兽心的畜生!"之后就只剩下了哭声。

从她母亲那儿听说了吧,好像最终还是知道了。

可爱的小宝贝,你之所以会那么不幸,就是因为你过于美丽、过于幸福;因为你周围有太多温柔、善良、诚实的人存在;因为你才华横溢,前途充满希望;因为你太有女人味,而且还是一个真正的女人。

我的小宝贝现在可能正颤抖着红色的耳环哭泣呢。

"我绝对不要再见大夫了!""再也不愿看见你的脸了!""下地狱去!"

是的,我下地狱。从一开始这世上就没有天堂,所以你会想到地狱也是因为你太幸福了。

再见了,我的小宝贝。戴着红色耳环的小东西。就算你离开,我这里也还留有你的肢体。

在黑暗的房间一角,你的腿总能安抚我的不幸。看着你的腿,不论什么时候,我总能比你幸福。

你是雌性,是被男人救赎、捕获,而后顺从于他的性别。不管你哭与不哭,你都是雌性。

我永远不会动摇。我是不被任何人支配的独立的性别。我有我自己的性别!

无人通行的路上回响着西北风的声音。再有一个月,今年也要结束了。待在只有我一个人的房间里闭上眼睛,不由自主地唱起了歌。

　　我是猎人,白色猎人。
　　戴着名为美貌的假面,
　　穿着名为虚伪的衣衫,
　　今天也要将猎物追寻。
　　幸福、美丽与诚实,
　　横行于世的这所有,
　　我都要将它们猎走。

　　我是猎人,白色猎人,
　　戴着名为智慧的假面,
　　穿着名为憎恶的衣衫,
　　明天也要将猎物搜寻。
　　温柔、善良和希望,
　　招摇过市的这所有,
　　我都要将它们猎走。

图书在版编目（CIP）数据

白色猎人/（日）渡边淳一著；马洪月译 .—青岛：青岛出版社，2019.1
　　ISBN 978-7-5552-7870-2

Ⅰ.①白… Ⅱ.①渡…②马… Ⅲ.①长篇小说-日本-现代 Ⅳ.①I313.45

中国版本图书馆CIP数据核字（2018）第258627号

白き狩人 by 渡辺淳一
Copyrights：©1974 by 渡辺淳一
This edition arranged through OH INTERNATIONAL CO. LTD.
Simplified Chinese edition copyrights：©2019 by Qingdao Publishing House Co., Ltd.
All rights reserved.
简体中文版通过渡边淳一继承人经由OH INTERNATIONAL株式会社授权出版
山东省版权局著作权合同登记号 图字：15-2017-237号

书　　名	白色猎人
著　　者	（日）渡边淳一
译　　者	马洪月
出版发行	青岛出版社
社　　址	青岛市海尔路182号（266061）
本社网址	http://www.qdpub.com
邮购电话	13335059110 （0532）68068026
策　　划	刘　咏　杨成舜
责任编辑	刘　迅
封面设计	末末美书
封面插图	绿竹青青
照　　排	青岛双星华信印刷有限公司
印　　刷	青岛双星华信印刷有限公司
出版日期	2019年1月第1版　2019年1月第1次印刷
开　　本	大32开（880mm×1230mm）
印　　张	6.875
字　　数	153千
印　　数	1-10000
书　　号	ISBN 978-7-5552-7870-2
定　　价	35.00元

编校印装质量、盗版监督服务电话　4006532017　0532-68068638
本书建议陈列类别：日本　畅销　小说